U0721254

满月之夜白鲸现

满月の夜、モビイ・ディックが

〔日〕片山恭一 著

张兴 译

青岛出版集团 | 青岛出版社

图书在版编目（CIP）数据

满月之夜白鲸现 /（日）片山恭一著；张兴译 . —青岛：
青岛出版社，2022.1

ISBN 978-7-5552-9019-3

Ⅰ．①满… Ⅱ．①片…②张… Ⅲ．①长篇小说 – 日
本 – 现代 Ⅳ．① I313.45

中国版本图书馆 CIP 数据核字（2020）第 042096 号

MANGETSU NO YORU, MOBY-DICK GA
by Kyoichi KATAYAMA
© 2006 Kyoichi KATAYAMA
All rights reserved.
Original Japanese edition published by SHOGAKUKAN.
Chinese（in simplified characters）translation rights in China（excluding Hong
Kong, Macao and Taiwan）arranged with SHOGAKUKAN through Shanghai
Viz Communication Inc.
著作权合同登记号 图字：15-2021-239

MANYUE ZHI YE BAIJING XIAN

书　名	满月之夜白鲸现
著　者	［日］片山恭一
译　者	张 兴
出版发行	青岛出版社
社　址	青岛市崂山区海尔路 182 号（266061）
本社网址	http://www.qdpub.com
邮购电话	0532-68068091
责任编辑	杨成舜
特约编辑	初小燕
封面设计	胡椒设计
照　排	青岛新华出版照排有限公司
印　刷	青岛双星华信印刷有限公司
出版日期	2022 年 1 月第 1 版　2022 年 1 月第 1 次印刷
开　本	32 开（710mm × 1000mm）
印　张	7.25
字　数	110 千
印　数	1—5000
书　号	ISBN 978-7-5552-9019-3
定　价	20.00 元

编校印装质量、盗版监督服务电话　4006532017　0532-68068050
本书建议陈列类别：日本 / 文学 / 畅销

译　序

公路电影式的青春恋爱小说

片山恭一，1959年1月5日出生于日本爱媛县宇和岛市，居住在福冈县福冈市。从爱媛县立宇和岛东高中毕业后，进入九州大学农学部农政经济专业学习，在九州大学研究生院读完硕士课程之后继续攻读博士学位，中途退学。父亲是宇和岛市政府职员，长期在旅游科工作，兴趣多样。在片山恭一少年时代，父亲经常带着他爬山钓鱼，和大自然亲密接触。片山恭一在高中二年级的时候，曾因疑似得了脑瘤而病倒。就在那时，他阅读了一本讲解《万叶集》的书，据说这是他立志于文学创作的起点。在大学的教养课程有国文学，为了写小论文他读了夏目漱石的主要作品。放暑假回家的时候，有个在高中教世界史的老师给他推荐野间宏、堀田善卫、埴谷雄高等战后派作家的作品。他在阅读大江健三郎作品的时候，发现大江初期的很多作品以日常生活中的故事为题材，于是他觉得自己也可以写小说。本来刚上大学的时候想攻读植物学或生物学，但是在兴趣转到文学上之后，他改变了原来的想法，开始研究农业经济学，这样就可以读与人文相关的书籍了。为了写论文，他开始阅读亚当·斯密、大卫·李嘉图的作品。本科论文写的是马克思，硕士论文写的是恩格斯。在研究马克思的时候，由于马克思早期受黑格尔的影响比较大，他就把欧洲近代哲学作品通读了一遍。1986年，作品《气息》获《文学界》新人奖，但是之后很长一段时间他怀才不遇，直到1995年《世界在你不知道的地方运转》出版单行本。已出版20多部小说，主要著作有《世界在你不知道的地方运转》《别相信约翰·列侬》《在世界中心呼唤爱》《满月之夜白鲸现》《空镜头》《倘若我在彼岸》《雨日的海豚们》《最后盛开的花》《行至船停处》《破碎的光，云的影子》《空遗寂静的鸟儿们》等。最新的作品与人工智能相关，是2019年出版的《在世界中心呼喊AI》。代表作《在世界中心呼唤爱》是日本小说史上最畅销的小说，打破了《挪威的森林》曾保持的单行本销量纪录。

"你还在等我吗？会接受我吗？你的心里有我的一席之地吗？"

就读于地方大学的鲤沼与恋人香澄、不可思议的朋友阿健，在命运的安排下开始了逃亡之旅。

《满月之夜白鲸现》是片山恭一十八年前出版的作品，但直到现在也没有过时，是一部很值得一读的青春恋爱小说。说起片山恭一的作品，一般会想到比这部小说还早一年出版的《在世界中心呼唤爱》。这部作品的男女主人公是尚未有肌肤之爱的情侣，而《满月之夜白鲸现》的主人公则是一对有了肉体关系的恋人。在这部作品中，作者描写了这对已有床笫之欢的恋人的复杂心理。

作品的男主人公叫鲤沼，是一个 20 岁的大学生。他喜欢听莫扎特的音乐，沉迷于钓黑鲈鱼，这一切都是为了逃避那个因父母不和而破裂的家庭。父亲在外有了情人，离家出走，母亲患了抑郁症，妹妹则整天和一些不三不四的男人混在一起。

鲤沼有个在钓鱼的地方认识的朋友——神秘的艺术家阿健。阿健一个人租房住，是一个喜欢钓鱼、爱画画的青年，过着晴耕雨读般的生活。

七月，学校学生会举办了一场游园会，鲤沼与美少女风岛香澄相遇，并把醉酒的她送回家。两人睡在同一床被子里，直到第二天早晨。

鲤沼在高中同学聚会上见到高中同学下村朱美，她送他一张展览门票。看完书法展览后两人去游乐园游玩。之后下村朱美邀请鲤沼到她和哥哥一起租住的公寓。两人刚一进下村朱美的房间，她就抱住了鲤沼。但后来她哥哥突然回来，鲤沼从下村朱美房间的窗户逃了出来。

八月末的一天，香澄突然来到鲤沼家。两人关系急速升温。考试结束后鲤沼去京都和香澄约会。两人在车站附近的一家旅馆终于有了亲密关系。

一放寒假阿健就约我一起去当码头工人，在大船与舢板之间装卸货物。重体力活，工钱高。同在这里干活的有黑社会分子。干活的海岸对面是赛艇场，每逢赛季就会有赛艇比赛。阿健经常受黑社会分子的委托购买艇票，但一次都没中。鲤沼开玩笑地说，反正中不了，就算把赌钱吞了，也不会露馅。而阿健听他这么一说，就想真的去做。第二天，阿健受黑社会分子的委托购买 13 万日元的赌注，但他把钱给私吞了。在比赛中，黑社会分子赌的赛艇组合差点就赢了，把两人吓得要死。幸亏组合中有艘赛艇翻船，两人转危为安，各分得 6 万日元，剩下的 1 万日元用于狂欢。两人约好不说出去。

圣诞节前夜，香澄来找他，但鲤沼喝醉了。第二天两人在一起的时候，鲤沼提议住到一起，但香澄犹豫不决。香澄上午回去了。下午阿健来告知鲤沼私吞黑社会分子票款的事情败露，让鲤沼和他一起逃跑。鲤沼随他坐甲壳虫轿车离开家，拐到香澄家和本来约好见面的风岛香澄告别的时候，香澄提出带她一起去，于是三人乘坐甲壳虫汽车开始逃亡之旅。所以整部小说就像一部公路电影一般。但是对于男主人公鲤沼来说，他与阿健、香澄的关系非但没有变得更加密切，反而越来越淡薄。不久，香澄在浴室里差点自杀身亡，而阿健留下"注意满月之夜，白鲸一定会来的"这句话，把自己租住的房子烧了之后不知所踪。时光流逝，香澄在医院疗养，鲤沼去医院探望。有一天，香澄给他寄来了一封长长的信。

小说中的风岛香澄是一位有心理疾病的女性，鲤沼有时对她无法忍受，就想和比她更易交往的下村朱美发展关系。这一切又和鲤沼父亲的行为非常相似：鲤沼的父亲抛下患有抑郁症的妻子，在外面有了另外的女人，离开了家。鲤沼虽然对父亲的行为不齿，但做出的事情如出一辙。所以这部作品描写的是一个需要最终做出艰难选择的故事：当一个自己真心喜欢的女性患上自己无法控制的心理疾病时，应该怎么办？虽然小说最后没有给出最终的答案，但是从小说日语书名中含有《白鲸》①中的白鲸名"莫比·迪克"可以看出，无论情况如何，主

---

① 《白鲸》：19世纪美国小说家赫尔曼·梅尔维尔于1851年发表的一部海洋题材的长篇小说。小说描写了亚哈船长为了追逐并杀死白鲸(实为白色抹香鲸)莫比·迪克,最终与白鲸同归于尽的故事。

人公还是想把自己从命运的坎坷中解放出来吧。与故事情节的轻松流畅相反，隐藏在其中的主题出乎意料地沉重，但是读后让人感觉似乎还很不错。因为男主人公鲤沼认为自己和他们不同，他要借助健康的饮食和莫扎特的音乐的力量从垃圾堆似的家庭中解脱出来。从这能看出，作者试图给读者带来生的希望、前进的力量。

译完这部小说之后，每当片山恭一有新的作品出版的时候，我都怀着一种探索的态度进行阅读。

张兴

2020 年 3 月于广州

目　录

第一部

1

那一年，是听莫扎特、钓鲈鱼和家庭破裂的一年。

说到家庭破裂，母亲怪自己当初没有找到好男人，父亲则认为当时是被狐狸精迷住了眼睛。失常的是母亲，但出问题的是父亲。这一点我和小妹都很明白。当然从真正意义上说，问题也许并不是出在父亲身上。能够这样冷静思考的我是多么成熟啊！

父母亲关系的破裂让我明白了一个道理：结婚仅仅是偶然的产物。如果因为某种原因，一方或双方对自己的婚姻生活失去热情，那么夫妻关系就会像基本粒子一样容易破裂。无论看起来是多么有缘的相逢，如果结合之后冷静地回顾一下，就会发现以前是多么幼稚或者判断是多么错误，甚至会产生这样的怀疑：是不是由于一个偶然的原因才把一个偶然出现的人当成了终身伴侣？

世上的夫妻都生孩子，这可能是因为大家隐隐约约地意识到，一起生活的另一方实际上根本不是终生的伴侣，只是由于偶然的相逢他们才偶然结为夫妇。既没有"一刮风桶屋就赚钱"这样的必然性，也没有像在优衣库挑选内裤那样的选择余地。因此，他们只能选择生孩子，通过孩子把两人的结合变成一种必然。这怎么能说事不关己呢？

和由于一时冲动选择的对象结成稳定的配偶关系，不管好坏共同生活大半辈子——为什么我们会一直维持这种不合理性？就像人的遗传基因中潜藏着某种重大缺陷一样，我们存在着这样一种倾向：把自己的一生献给鲁莽的赌博。因此，这只不过是一个考虑不周的问题。而且，即使再怎么考虑，也已经是生米煮成熟饭，所以必须要忍耐。另一方面，在异性问题上过度慎重可能也与人的信仰有关。

2

离我家骑摩托车三十分钟远的地方，有一个人工湖。这个湖由大坝拦截而成，呈细长的蛞蝓形状。我经常到那里钓黑鲈。由于也向市民提供宝贵的饮用水，附近被开辟成了绿地，湖的四周围绕着一条大约五千米长的步行道。而且，附近也有公园，市政当局竖立了禁止钓鱼和游泳的牌子。初中生都有一种叛逆心理，我们从那时起每年夏天都去湖里游泳。

钓鲈鱼是在我上中学的时候开始流行的，而且很快就蔓延开来。不久，每逢周末的时候，任何一个池塘都没有了立锥之地。无论是钓什么，如果希望有所收获，用鱼饵钓肯定是最好的，因为鱼又不是傻瓜。但那时的流行观点是只有用假鱼饵或塑料钓钩钓鱼才有意义，而且钓鱼用的钓竿上还要加上卷轴。因此，与其说是钓鲈鱼的流行，还不如说是用假鱼饵钓鱼的流行。可大家钓到的是最容易上钩的黑鲈和蓝腮鱼，所以他们觉得有点莫名其妙。

当时，大家都认为五颜六色的假鱼饵和优美潇洒的甩竿动作才是钓鲈鱼的魅力所在。收集假鱼饵，在把我们变成垂钓者的同时，又让我们当起了收藏家。费力搞到手的假鱼饵肯定要向朋友炫耀，而且这么重要的物品在钓鱼的地方绝不使用。由于不用活钓饵而用假钓饵很流行，所以从小学生到上了岁数的大叔都在使用假钓饵。如果用蚯蚓或藻虾做钓饵，被男朋友带来的年轻女性恐怕也不会乐意吧。而且，倘若用活钓饵的话，为了避免钓饵被拉断，必须用长钓竿进行垂钓。如果放弃舞动钓竿的漂亮动作，那么对许多孩子来说，钓鲈鱼的魅力肯定会减半甚至消失。

尽管如此，流行的过火，不光对鱼儿们是灾难，对我们来说也是不受欢迎的事情。由于许多人在垂钓的地方来回走动，随意放假鱼饵或塑料钓钩，静心钓鱼的环境就被破坏了。穿着戈尔特克斯膜①衣服的大人戴着不相配的太阳镜为所欲为地到处走动，也很让人扫兴。由于马上就要考试，学习紧张了起来，在初中三年级的暑假之后，我有很长一段时间没去钓鲈鱼。

　　再次开始钓鱼是在高中毕业考上了本地的一所大学之后。在四年的时间里，以前的流行消失了，钓鱼的地方又恢复了平静。那个时候，父母的关系恶化到了不能修复的地步，家中的气氛很差。上高中的妹妹和比她大的男朋友差不多处于同居状态，几乎不回家。担心母亲精神状态的我变得坚强起来，一直待在家里。另一方面，为了寻觅自己的个人天地，我骑摩托车跑遍了附近的小河和池塘。之后不

---

①戈尔特克斯膜：由美国化学家戈尔发明的防水加工膜。在耐热和耐药品腐蚀的特氟纶类树脂的超薄膜上开无数小孔，特点是透气不闷热。

管钓得着还是钓不着，我只是一心一意地重复做钓鱼的动作。

那是我家的黑暗时代。

父亲是警察。这和降临我家的悲剧有不小的关系。在我上高中的时候，父亲单位的管区发生了一起杀人案件，为了逮捕嫌疑犯，警局要求对其进行监视，父亲也被动员起来。由于需要二十四小时不间断地对嫌疑犯进行监视，我家的生活变得一团糟。父亲持续好多天不回家，有时出乎意料地回来后，只拿了换洗的衣服又走了。在不当班的时候，即使白天，他也拉上起居室的窗帘喝威士忌。母亲担心父亲的健康，劝他少喝酒，但是父亲不听，好像连母亲做的东西也几乎不吃。父亲肯定是从那时开始变坏的。

现在的我明白了父亲的痛苦，但仍然认为他是不可饶恕的。夜里回来的父亲总是一边看电视，一边喝威士忌，几乎不和包括我在内的家人说一句话，只是一个劲儿地喝酒。不知从什么时候开始，母亲对这样的父亲置之不理了。因此，我有必要多加留神。如果不这样的话，就很有可能给家人带来危险。有时父亲想要喝茶，把水壶放在炉灶上打上火就去睡觉了。家里的水壶鸣笛坏了，有一次我起来上厕所的时候，发现开水已经完全蒸发光了，干烧的水壶就连上面部分都被烧得通红。

从那时起，我的生活习惯比以前更加属于夜猫子型了，因为我给自己布置了监视父亲夜间行动的任务。从学校回来后，我先睡到九点左右，然后吃晚饭、洗澡，之后开始学习。在凌晨四点左右下楼时，父亲已经趴在起居室的桌子上睡着了，房间里充满了香烟味，电视通常也开着，脱下来扔在沙发上的上衣原封不动，威士忌的酒瓶几乎都是空的，桌上散乱放着刚吃过的小菜，如花生、熏墨鱼、牛肉干……那都是我绝对不吃的东西。关上门（因为父亲经常忘记关大门）、把灶台收拾好之后，再睡两个小时左右，然后在七点前出门。父亲在起居室里就像一个无家可归者一样睡着。母亲还没起床，妹妹……我连担心她的时间都没有。

我很重视饮食的健康，在注意不要过量摄入蛋白质的同时，尽可能只吃无添加剂、无农药的东西。这是我的原则。在这颗星球上每活一天心理上都会承担很大的压力。我们生活在不融洽的人际关系之中，每天都会听到让人心情不好的新闻（暴力、犯罪、渎职、萧条、地球变暖、厄尔尼诺现象……），这些事情每天都在损害着我们心理的健康，我们却无计可施。因此至少应该注意不要损害身体的健康：不抽香烟、控制酒精和乳制品的摄入、多吃绿色蔬菜、不喝咖啡而喝药草茶……

　　吃有益于身体健康的东西，周末到中意的钓鱼场地挥竿，早上起来听莫扎特，只要不忘记这三件事，人生还勉强过得下去。

3

如果有人让我从自己拥有的莫扎特唱片中挑出一张最喜欢的，那我可能会选格伦·古尔德演奏的《土耳其进行曲》①。当然，作为莫扎特的作品，很难说包括《土耳其进行曲》在内的 A 大调钢琴奏鸣曲特别优秀。从作品的规模、深度、完成度来看，可能歌剧、钢琴协奏曲以及后期的交响曲等要好得多，但是我尤其喜欢《土耳其进行曲》。格伦·古尔德的演奏是那么优秀。只要他一开始演奏，发出的旋律就把我的房间化作孤独的行星。这是一支多

————————

①《土耳其进行曲》：莫扎特共写了十九首钢琴奏鸣曲。《A 大调钢琴奏鸣曲》是其中的第十一首，也是最著名的一首。它有三个乐章，第一乐章是《文雅的行板》，第二乐章是《小步舞曲》，第三乐章就是《土耳其进行曲》。

么寂寞的曲子啊!

想象一下一个小男孩的样子。他一个人在原野上行走,有可能的话,最好是在曾成为《音乐之声》①舞台的阿尔卑斯山下的草原那样的地方,也许是在去邻村叔父家的路上,也许这个男孩是孤儿,不堪忍受叔父家的艰苦生活而离家出走。格伦·古尔德借助钢琴,用纤细的指法描绘出这个少年踯躅的步伐。踩出的路越过前方平缓的土丘向前延伸,对面耸立着雄伟的阿尔卑斯山。男孩害怕起来,但强忍住不哭出来。突然,他的目光停在了脚边的花儿上。他蹲下来,仔细地瞧着小花,用手轻轻地抚摸着花瓣,然后重新振作起来,挺起胸膛,又开始往前走……啊,《土耳其进行曲》!

有时候,我会不相信自己的年龄是二十岁。二十岁?才二十岁!我觉得自己已经足足活了七八

①《音乐之声》:罗伯特·怀斯导演的影片。该片风靡全球,并获得第38届奥斯卡金像奖最佳影片奖。拍摄地是在阿尔卑斯山下的萨尔茨堡。

十年。二十岁的时候，我就感觉自己已经衰老了。

我清楚地记得那些心灵衰老的时光。中学的时候，心里突然产生这样一个疑问：人的一生总而言之就是出生死亡，难道不是这么回事吗？因为偶然被生出来，所以要活到死为止。无论是什么人的一生，都没有太大的意义。现在看来，这是一个很肤浅的疑问，就像道行很浅的小鬼头部冒出淤泥气泡一样。但是，从那以后我就一直陷入迷茫孤独之中难以自拔，就像自己的人生没有归宿一样。

如果感觉人生真的非常无聊、毫无意义，恐怕我们会立刻想回到母亲的子宫里去。可是因为忙于升学、就业、结婚、生孩子、婚外情、生病、照顾家人等诸多事情，没有时间认真思考，所以勉强保持精神正常；如果去掉这一切，那会怎么样？把外部的一切事情都置之度外，自己的存在究竟会有多大的意义或价值？我是谁？作为置身于孤独之中的孤零零的一个人，这个"我"是个什么样的人？不是一个被社会承认的人，而像一个被抛弃在沙漠中的无依无靠的婴儿。

只有获得一定的社会地位，一个人才能被社会认可。警察、教师、医生、官员、公司员工……被那么看的自我和这个"我"是什么样的关系呢？这是向自我靠近呢，还是放弃自我？他是如此这般的一个人，体现出他的能力和资质了呢，还是因为他是这样的一个人，暗示了他不得不放弃自我？

迄今为止，我的人生一帆风顺。自考上当地吃香的或者说在当地还算可以的大学以来，没有丢过一个学分。同时我很注意心理和身体的健康，而且也具备冷静度过家庭内战时代的睿智和顽强。无论什么公司，肯定想要招聘我这样的人。但是我不知道自己想成为什么样的人，也不知道自己想度过什么样的人生。除了拥有健康的身体、早晚听莫扎特、周末去钓鱼，我没有其他抱负。二十岁的时候，我就觉得剩下的已经是余生了。

我现在发现必须拯救自己的灵魂，在听格伦·古尔德演奏《土耳其进行曲》的时候。

4

　　我现在还珍藏着初中时钓鲈鱼用的笔记本，上面记着钓鱼的地方的环境、诱饵大赛信息、鱼儿的季节性移动等。对鲈鱼来说，树木、岩石、倒下的枯木既是很好的食物场所，也是安全的隐匿之处。为了使诱饵与作为鲈鱼食物的小鱼或甲壳类相似，有必要知道栖息的小动物的种类。当时又对笔记进行修改补充，保存到现在。

　　那一天的阳光很弱，让人感到就像梅雨的间歇期一样，是一个进行水上游戏的绝好天气。这个时候，鲈鱼的活性和攻击性最强。因为它们产完卵之后非常疲惫，饥肠辘辘，而且为了迎接夏天的到来需要尽可能地补充营养。此外，鲈鱼喜欢吃的甲壳类为了产卵而靠岸。随着虾的产卵，小鱼的产卵也迎来了高峰期。为了吃这些食物，鲈鱼聚集到水深不到两米的浅滩。用开口小的抗滑诱饵钓它们确实能够体会到钓鲈鱼的乐趣，也能享受到一年中最好条件下的垂钓游戏。

但是，那一天无论我怎么甩钩，也没钓到一条鱼。不应该没有鱼。水温足够高，但是阳光并没有给鲈鱼带来不快。我换了好几个地方，尝试了各种诱饵：从抗滑诱饵到四分之一盎司①的旋转鱼钩、漂浮鱼饵、笔形鱼饵、"顶级消火栓"……都不行。最后换成蚯蚓，来回摆动，鱼儿还是碰也不碰。

提前结束了垂钓，收拾好工具。摩托车放在了大坝对面的停车场。为了不让汽车和摩托车开进去，步行路的入口处设置了挡杆。从垂钓的地方要走一千米左右。中途有一个小公园，朝向湖面的长椅上有一对情侣缠在一起，在轻浮地接吻。在闷热的一天，我使出了所拥有的全部知识和技术来钓鱼，却什么也没有钓到。我简直就像刚刚产完卵的鲈鱼一样，充满了疲惫和紧张，而眼前又是一对让人厌

---

①盎司：英美制质量或重量单位。1盎司合28.3495克。

烦的男女。

我把钓竿和渔具箱放在脚下，然后悄悄地从后面走近长椅上的两个人。染着黄头发、戴着耳环的男子在女的耳边喃喃细语，女的在小声地笑。如果是这样的家伙生孩子，该是多么煞风景啊！女的回头瞧了我一眼。哎哟，多么蠢笨的一张脸啊！事情就发生在一瞬间。男的站了起来，看着我，好像在说："干什么？"我朝这个家伙的胸膛狠狠地撞了一下。男的发出"啊"的一声，不由得后退几步，从堤坝上消失了踪影，湖里发出了很大的水声。不一会儿，女的发出了惊叫声。我拿起工具迅速离开。女的不知道在喊什么，大概是在喊"救命""救人"吧。

我过了桥回头一看，男的正在水中挣扎，女的在堤坝上看着他挣扎。看样子不可能追过来了。我来到停车场的时候，注意到有个男的靠在铁丝网上朝我这边看。他身高看起来接近一米八〇，体格强壮，光头，穿着很大的古怪的上衣。这家伙是精神病人吗？也许是刚才推下去的那个人的同伴。我装作若无其事，但心里对这个男的提高了警惕，想看看对方的态度，然后决定是否飞快地逃走。

我把渔具箱和钓竿固定在摩托车的后座上，在裤兜里找理应放在里面的钥匙。在这期间，那个男的一直盯着我，让人毛骨悚然。在他向我打招呼前，我就溜之大吉……就在这么想着的时候，那个男的就像看透我的内心一样向我搭话。

"漂亮！"他不带任何感情地说，"破坏自然景观的狗男女，就该天诛地灭。你干对了！"

"谢谢！"我把钥匙插进摩托车。

"到我家吃饭吧？"

"我有急事。"

"我家离这儿很近。"

我本应该断然拒绝的，但是我从他的声音、表情和态度上感到了难以言传的亲切和寂寞。这触及我心底的痛处。

"好吧，我就去一会儿。"我说。

他拿起渔具箱和钓竿，挎上放鱼的小型冰箱，朝前走去。从所带的钓鱼工具来看，他未必是个钓鱼放生者。

"里面放着钓到的鱼吗？"

"过会儿请你品尝。"他头也不回地回答。

他的住处离人工湖不远，是一处有田的旧农舍。再走几百米，就是新开辟的宅基地，那里在建一幢与众不同的楼房。他住的周围还勉强地保存了原来的自然景观。

"这是廉价租的房子。"他自己说道，"据说好几年前这儿住了一位老人，由于上了年纪干不动农活，就和孩子们一起过了。"

"这儿不方便吧？"

"没什么不方便的，因为我几乎过着晴耕雨读的生活。"

"你是学生吗？"

"不是，我是画画的。"

农家的厨房是土房子。他马上开始做晚饭。首先从冰箱中取出五条三十厘米长的鲈鱼。

"真了不起！"我不由得说道，"在哪儿钓到的？用的是拟饵还是蚯蚓？"

"钓鱼的事吃饭的时候再说吧。你从地里弄点蔬菜来。"

借着天空中还残留的微弱亮光，我从地里采了生菜、西红柿、黄瓜、小胡萝卜，又从香菜园摘来罗勒、水田芥、地榆。他利用这个时间去掉了鱼的内脏，洗干净后在鱼的身上撒上盐和胡椒。

"你把蔬菜摘好放到盆里。"

他正往鲈鱼肚子里塞迷迭香的叶子。

"鲈鱼用奶油烤的话很香。"

不久，晚饭就做好了。在宽敞的榻榻米房间里，只开了一盏昏暗的没有罩的灯，这不由得让我想起小学时的野营。在这种氛围下吃鲈鱼，确实很香，尽管以前想都没有想过吃鲈鱼。把蔬菜和香菜拌在一起，只用橄榄油、盐和胡椒来调味的简易色拉的味道也无与伦比，而且还有香喷喷的黑麦面包和红葡萄酒。

"我可以问你叫什么名字吗？"围着小矮饭桌吃饭吃到一半的时候，我这样问道。

"达斯·维德①。"

"是真名吗？"

"真名叫阿纳金·天行者②。"

他好像不打算告诉我。

"你呢？"

我本想回答叫"洛克·天行者③"，但觉得太孩子气，就说了真名。

"你一个人住在这儿吗？"

"嗯。"

"父母亲呢？"

"死了。"

我吃了一惊。

"不要那副表情。死了就是死了，至少在我心中是这样。"

"怎么回事？"

---

① 达斯·维德：《星球大战》中的黑公爵。
② 阿纳金·天行者：《星战前传Ⅱ：克隆人的进攻》中的武士。
③ 洛克·天行者：我（鲤沼）模仿"阿纳金·天行者"造的名字。

"说来话长，下次再说吧。"

就在喝了葡萄酒有点醉意、心情正舒畅的时候，不知从哪儿进来一只黑猫，用脸蹭他的膝盖。

"好了！好了！"他说着把吃剩下的鱼连同盘子一起放在猫的面前，然后对贪婪吃鱼的黑猫说道，"今天怎么样？还没有找到愿意做你老婆的漂亮母猫？"

"喵喵！"猫从盘子里抬起头来叫道。

"它叫什么名字？"

"萨姆，"他一边收拾餐具一边回答，"正式的名字叫萨姆·赫尔，因为捡到它的时候它还是一只小猫呢。"

我那时第一次知道小尺寸的画布叫萨姆·赫尔。过了一会儿他说：

"我让你看看年轻艺术家的画室。你过来。"

我拿着葡萄酒和玻璃杯进了画室。刚一踏进画室，就闻到了颜料和油脂的味道。在八个榻榻米大的房间中央立着一个大画架。画架前有一张摆放颜料、画笔和调色刀的桌子，还有从垃圾堆捡来的沙发，弹簧已经凸了出来。房间的墙壁上挂着数不清的大大小小的油画。

挂在画架上的是一幅奇怪的画。画的中央躺着一个红色的人，好像在燃烧。这个人有三个头和伸向天空的二十多只胳膊。六条腿上插着几根楔子。身体下方的左半部分被扎入了无数支箭。构成红色的人整个身体的是看着我们的无数只眼睛。肚子上脚上都是呈树叶形状的眼睛，扎在身体上的箭看起来就像是从眼里流出的泪一样。

"怎么样？"

"了不起！"

"是吗？"

我对他立刻就毫无戒备地相信别人说的话感到惊讶。他究竟是一个什么样的人？

"你是说像毕加索的《格尔尼卡》①？"

"是啊。"

别的我还能回答什么呢？

---

①《格尔尼卡》：毕加索名作。此画结合现实主义和超现实主义风格表现痛苦、受难和兽性。

"这幅画看起来方法严密、促人深思，是吧？"我还没吭气，他就自顾自说了下去，"实际上，要说我每天干的事情，就连小孩子也会。无论什么大作，一旦着手创作，手法渐入佳境的时候，画家就会抛开一切，一个劲儿地埋头于创作之中。一天又一天地只是在一心一意地画线。画家的日常工作就是这样。可我们常常忘记，即使留在近代绘画史上的杰作，也是从手指的简单运动中产生的。"

"的确如此。"

我又一次看了这幅画。油画的右下方有一个罗马字母的署名"Takeru①"，是用黑色画笔在红色底子上写的。

---

① Takeru："阿健"的罗马字母拼写。

5

进入七月份之后，学生会举办了一场游园会，晚会收入捐赠给为保护热带雨林而开展活动的 **NGO**（非政府组织）。由于基本符合我的"主义"，所以我也买了票。交三千日元，随便吃喝，但有时间限制，早晨六点开始，晚上九点结束。会场在学校中央图书馆和农学部之间的草坪上。

淋浴之后，听了一曲莫扎特的钢琴协奏曲，我就骑摩托车去了。到的时候，晚会已经开始，草坪上到处都是围成圈坐着的人。音乐会用的扩音器大声地播放着绿洲乐队①的《伴我同行》。供应饮料、小吃的布棚旁边搭建了一个小舞台，上面摆着鼓、音响和麦克风等东西。

---

① 绿洲乐队：英国摇滚乐队。

"你在喝酒啊！"一个不认识的男生突然使劲地拍我的肩膀，看起来醉得很厉害。

"我刚来。"

"把这个一口干了。"

"谢谢。"

"为热带雨林干杯！"

怎么都行，不过能不能不要那么使劲地碰杯？我在草坪上溜达，希望能找到一个熟人。但是很遗憾，我没有朋友对保护地球环境感兴趣。舞台上开始了演奏。轻音乐俱乐部的成员们在表演波萨诺伐舞曲①《来自依帕内玛的女孩》。哒、哒、啦……哒、哒、哒、啦、啦、啦……我很快就开始厌倦了。我敏锐地意识到这种倦怠与自尊心密切相关。

尽管这是保护热带雨林的慈善晚会，我却不切实际地幻想着和来自依帕内玛的女孩相会。女孩子们有的在和其他男生聊天，有的毫不在意地靠在男生肩上打瞌睡，有的则在雪松树下和男生亲热。我

----

① 波萨诺伐舞曲：与桑巴舞相似的爵士乐舞曲。

发现自己找不到女孩子，于是想用倦怠来掩饰这种屈辱。无论谁说什么（虽然谁也没说什么）成功者与失败者的区别就在于下手快不快，像我这种为了不烫伤舌头而等汤凉下来的人，在与异性交往方面也只能是个失败者。

我想回去听《费加罗的婚礼》，这首曲子由卡尔·贝姆指挥，德国柏林歌剧管弦乐团演奏。虽然费舍尔·迪斯考饰演的伯爵完美无缺，但这个唱片中埃迪特·玛蒂斯饰演的苏姗娜更让人觉得可爱。据说，她录音时的年龄是三十岁，真是让人难以置信，三十岁……不纯粹是个阿姨吗？由萨克斯手、键盘手、贝斯手、架子鼓手等组成的爵士乐队正在演奏《酒和蔷薇的日子》。我在心里哼唱着凯鲁比诺的咏叹调——《你们可知道什么是爱情》。女人们，你们看一看，我的心中有没有爱？

肚子饿了，我去布棚里搞点吃的。香肠、炸土豆、炸鸡块、烤鱿鱼、炒面条……都是不利于健康的食物。我在纸盘里盛了一点儿毛豆，退了回来。维持健康的生活也不容易，也许比保护热带雨林还难。反正吃了毛豆回去听《费加罗的婚礼》。不知道第几次这样想的时候，忽然听到后面有人在叫我。

"是鲤沼君吗？"

我非常讨厌"鲤沼"这个姓，可能自己家族的祖先原来是在贫穷的山村以捕沼泽地里的鱼来维持生计的渔民吧。

"啊，什么时候来的？"

"一开始就来了。"她说道。

"我没注意到你。"

教养课按系别和假名顺序编成不同的班级，我们班是从"原纯朴"到"须藤俊一"。风岛香澄是第二个，她和性格古怪的原纯朴形成鲜明的对比，是个让人觉得有点神秘的美少女。

"你一个人？"

她点点头。

"先坐一会儿吧。"我指着图书馆后面的草坪说，"来点啤酒怎么样？"

"我已经喝了很多，喝过头了。"

"没想到能在这个地方见到你。"我坐在草坪上说。

"是啊。"

开始学专业课后，由于所学专业不同，我们已经一年多没有说话了。回想起来，在上教养课的时候也没有多说过话。

"你对保护地球环境感兴趣吗？"

她笑了起来，好像要说"怎么会呢？"她说："朋友非让我买票不可。你呢？"

"一半是为环境问题，一半是为结交异性吧。"

"什么意思？"

我们说到微妙的话题了，但音乐太吵不能很好地交谈。乐队退下后，又放起了 CD，不知是哪个家伙放的尼尔·杨①的《结合》。

"还待在这儿吗？"我问道。

"什么？"

"在这儿？"

"啊？"

---

①尼尔·杨：出生于加拿大的摇滚歌手、制作人、导演、编剧。

"我们撤吧。"我大声地说,"去喝茶吧。"

她使劲点点头,好像是说"知道了"。

进展顺利得出乎意料。离开会场已经快八点钟了,我们朝校园西边走去。本来可以骑摩托车去,但我觉得醒一下酒也是无可非议的,而且风岛香澄好像心情不好。

"没事吧?"

"嗯。"

鲤沼,沉住气。现在能不能说一句机灵话,直接关系到以后是成功还是失败。

"那些环保车多欺骗人啊。本来就不存在有利于地球环境的车,要是真的考虑地球,就应该不用汽车而用马车。你不这样认为吗?"说的什么呀!我讨厌起自己来,想找个地缝钻进去。

不知不觉来到工学部校园,再有三百米左右就是西门。出了门不远的地方,有一个公共汽车站。我想进一家咖啡店。经过纪念讲堂的时候,她又开口了:

"我想吐。"

"到那儿去吐吧。"

那是老式庭园的树丛。她可能是憋得实在没有办法了，就越过低矮的铁栅栏，进入院子。

"到那边去。"我头也不回地说。

庭园中竖立着一尊曾经当过校长的知名教授的铜像，从那背后传来使劲呕吐的声音和痛苦的喘息声。

"怎么样？"我问从树丛那边走过来的她。

"好像好一点儿了。"她一脸憔悴地回答。

"能走吗？"

"可以。"但她刚走两步，就立刻又蹲在那儿了，"不行，什么东西都在旋转。"

"再休息一会儿。"

我们坐在院子里的石凳上。喂，鲤沼，不管祖先怎么样，你自己干事的时候要拿出男子汉的气概来。我轻轻地抱住风岛香澄的肩膀。她皱着眉，闭着眼睛，好像不知道我在对她做什么。我闻到了甜甜的不知道是洗发液还是香水的味道。然后我把身体紧紧贴在她身上，大胆地抱紧她，脸和脸碰到了一起。但是，此时最大的敌人是豹脚蚊和啤酒。

"我又想吐。"她突然站了起来，向树丛方向跟跟跄跄地走了两三步，蹲了下来。

风岛香澄，你究竟喝了多少啤酒？我从后面靠近她，开始抚摸她的背部。由于总想吐，她痛苦地扭动身体，却一直吐不出来，只是不停地咳嗽。

"对不起。"她眼角闪着泪光对我说。

"等你感觉好一点儿，我就把你送回去。"

"谢谢。"

公寓在离西门不远的地方。旁边是寺院，混凝土院墙外是一片墓地。我把摩托车放在庭园里。因为上了锁藏在树丛深处，所以今夜去取恐怕也没有什么关系。

我几乎是抱着脚步跟跄的风岛香澄上了露天的台阶。她的房间位于二楼的中部。她在包中费劲地找出钥匙，一打开门，就冲进了厕所。不久便传来了冲水的声音。进了门是一个镶着木板的兼作餐厅的厨房，里面是一个六个榻榻米大的日式房间。我站在进门的地方，不知道是否应该脱鞋。

不久，风岛香澄从厕所里走了出来。

"对不起。"她又向我道歉。

"那我就此告辞了。"

"等一等，"我觉得她好像是用哀怜的声音说，"能不能再待一会儿？"

即便只有两个人，自己期望什么，也很难说得明白，更不知道她在期待什么。我觉得迄今为止的发展确实朝着恋爱方向前进。但是，当我发现我所期待的也是对方正在期盼的时候，我觉得自己的期待被辜负了。而且，她的身体还很差。

"我帮你铺被褥吧？"

风岛香澄抬起头看了我一眼，好像很吃惊。

"没有什么特别的意思。"多么不合时宜的台词啊！"如果感觉不舒服，我想你最好躺着。"

"谢谢。被褥在这个壁橱里。"

这次该我纳闷了，因为看起来她毫无戒备之意。不过，这不是坏事。我硬是把这当成了她相信我。打开壁橱拿出被褥的时候，心脏的跳动还是加快了。《第二十五交响曲》第一乐章《灿烂的快板》

的旋律响了起来。命中注定的 G 小调，因为脸蹭到了风岛香澄每晚睡觉用的被子，所以不可能是《卡拉扬柔板》。

在铺被褥的时候，她从冰箱里拿出装在瓶中的乌龙茶，将其倒在一个薄薄的玻璃杯中递给我。

"谢谢。"我啜了一口，想不出下一步应该采取的行动。有可能的话，我想和她一块儿钻进被子里。但是万一弄得不好的话，可能会犯下性骚扰这样的蠢事。除了保护热带雨林，我们还有很多问题需要解决。

冷静地想一想吧！公寓的一个房间里只有两个人，连被褥都铺好了，理应是犯错误的时候，我为什么却这么拘谨？一直胆小的毛病又犯了。事到如今，不要说做爱，就连接吻也差得很远。这就是横亘在男人和女人之间的又深又暗的河流吗？

"你先躺着吧。"我说。

"嗯。"

可能是由于很不舒服吧，风岛香澄很听话地躺进了被子里。又进了一步。头脑中的转盘放上了莫扎特的《小夜曲》唱片。我也不清楚自己究竟有几张这首曲子的 CD，由于唱片公司在交响曲不满一张 CD 时总是随便加上这首曲子，所以不知不觉就累积了不少，现在应该超过了十张。当然，我从没有对放哪张唱片感到过困惑。想想吧，其实根本不用想，人生中没有什么摆脱不了的烦恼，又不是被宣告得了白血病。所以我用 A 大调应有的欢快语气积极地说：

"关灯吧！"

我感觉到她用肩膀轻轻地答应了。路灯的灯光映在窗帘上，窗外是墓地……走一步看一步吧。我掀开被子的一角，轻轻地溜了进去。

风岛香澄什么也没说。因为她不舒服？或许根本不是这么一回事。我觉得自己已经越过了那条又深又暗的河流。我们躺在同一床被子里，尽管都穿着衣服，但身体的大部分相互接触着。如果她是火，那我全身都会被烧伤。但是，最关键的地方没有接触。她背对着我躺着。我像根木头一样盯着天花板。怎么回事？我竟然想侧过身去抱住她。

什么也没有发生，只有时间在流逝。怎么才能说明这样的状态呢？我心中充满了对她的欲望，几乎要胀裂开来，但手和脚都在假装旁观，似乎想说："性欲？那是什么啊？"奔放的欲望被禁锢在晚熟的肉体之中。当然，我并不会由于肉体有时会成为男女亲密时的障碍就徒生青春烦恼。即使头脑里闪现《魔笛》中帕帕给诺和帕帕给娜演唱的《Papapa二重唱》，那也只是徒增滑稽。我无法肯定她需要我。有时听到她痛苦地吞咽唾沫的声音，我甚至会认为她所需要的只是太田胃药或武田胃肠中成药。

　　过了多长时间了呢？就像要被迫拿出优柔寡断和一事无成的确凿证据，我害怕看表。她发出轻轻的鼾声，千载难逢的机会失去了。她本来是绿灯，我却一直是红灯，真是徒劳的爱。不知不觉欲望消失了，只剩下无精打采的自我憎恶，觉得自己还不如胃药、胃肠药有价值。

6

　　暑假里我和阿健（我现在这样称呼他）进行了一次小小的旅行。他有一辆天蓝色大众牌甲壳虫轿车，把钓具、干粮、酒和猫装上车之后，我们就出发了。我们的目的地是越过两个县交界处的一个湖。那个湖原来是用于灌溉的池塘，每次下大雨水位都上升，不知什么时候整个山谷就变成了一个湖。据说，在二战后粮食匮乏的年代，附近的农民在这里放养了黑鲈。这些鲈鱼经过自然繁殖变成了野生鲈鱼，成了湖的主人，到处游来游去，而原来的鱼类被夺走了领地，有的好像完全消失了踪迹。

　　"我们来报仇吧！"阿健说，"要让它们知道这里是日本。美国佬，滚回去！"车子在到处都是石头的山路上向前爬着。由于台风刚刚刮过，路上到处都是水坑，有的地方甚至整条路都成了小河。车子开过，溅起水花。水深的地方，还必须在后面推车。山上到处都是掀开的土层，被大风刮倒的树木横在路上。遇到这样的情况，我们都要从车上下来，清除障碍物。由此，我们比预定时间晚了很多，到达湖边的时候，天已经完全黑了。

由于无法搭帐篷，我们决定当晚在车上睡觉。接着就开始准备晚饭。先收集小树枝，用固体燃料点起篝火，然后支起平底锅，把奶油融化了，打开加了毛豆的猪肉罐头和意大利面条罐头，再放入蒜头和干洋芹。篝火烧得很旺。两个人默默地看着火。毛豆和面条煮沸了，阿健用树枝搅了搅，锅里浮起了泡沫，不久小气泡冒了上来，让人垂涎欲滴的香味飘了过来……接着是播放《海明威》。

"你上次说你父母就像死了一样，"吃完饭，我一边喝着倒在铝杯中的葡萄酒一边问，"是什么意思？"

"我的父亲是那种没有敌人就不能证明自己存在价值的人。"阿健百无聊赖地说，"有时总是和我对着干，常常是不让我知道谁更厉害就绝不罢休。

而且无论干什么，老爷子都比我厉害。你对此是怎么看的？"

"这样的人现在很少见啊。"

"你是说生不逢时吧，也许他在幕府末期或明治维新的时候能够拥有幸福的人生。"

"的确如此。"

"真是个悲剧啊！"他痛苦地说道，"这样的人在社会上毫无目标，简直就像大脑死亡的人一样在苟延残喘。像我家老爷子这种人，只有去阿拉伯国家参加游击队了。"

"他是干什么的？"

"高中老师。你父亲呢？"

"是个警察。"

"或许我家老爷子当警察就好了。怎么看他也不像是教高中生汉文的人。"他折断小树枝扔进火里，"和父母亲的关系怎么样？"

"我和他们不存在问题，但他们之间有问题。现在两人分居了，父亲离开了家。"

"这种事情很常见啊。"

"是啊，多得很呢。"

他打了个大哈欠，张着嘴巴仰视夜空。

"看着星星的时候，是不是感觉活在回忆之中？"

我没点头表示同意，而是和他一同仰视夜空。也许是因为没有灯光，而且台风过后天空变得很清澈，许多星星看起来就像在眼前一样，仿佛用钓鱼竿就可以碰到。

"上小学观察天体的时候理科老师曾告诉我们，仰视夜空，就如同在仰视从宇宙开始到现在为止的历史。"阿健接着说，"遥远的星光抵达地球，可能要走几万光年甚至几百万光年。因此，越是看远处的星星，就越是像在遥望宇宙的尽头、宇宙的起源。那时内心充满了一种不可思议的感觉。现在这样仰视的夜空，感觉真的就像是由几千张、几万张薄而透明的玻璃纸重叠在一起形成的。从宇宙产生到现在为止的时间全都保存在玻璃纸中。时间不是在流动，而是在远离。远逝的时间重叠成好几层保存在宇宙中。我现在就是这样想的。"

谈话中断了一会儿。人造卫星一闪一闪静静地划过星空。阿健从胸前的口袋里拿出香烟，用篝火的余烬点着，深深地吸了一口，把烟慢慢地吐出来，说道：

"小时候我曾想成为一颗流星。在大家刚注意到的一刹那，就消失得无影无踪。嘿，你看，咻……"

第二天早晨我们醒得很早。到车外一看，吓了一跳。昨晚太暗没有发现，眼前开阔的湖里有许多被台风刮倒的树木，连水面都难以看清。没有树木的地方也被大量的树叶和杂草遮盖着。

"这下可钓不成鱼了。"

"这算什么？"他说，"这可是钓喜欢叶绿素的黑鲈最好的时机！"

我们准备好钓鱼工具来到湖畔，决定在吃早饭之前先打一仗。站在湖边，仍然觉得这里怎么看也不是钓鱼的地方。如果在这样的湖里放诱饵，在到达水面之前就会被树木挂住。阿健盯着湖面，不一会儿就发现一个障碍物比较少、露出一点点水面的地方。他不用诱饵，只是反复地用铅坠甩钩。把钓鱼竿垂直竖起，准确地在十米远的地方放下铅坠。接着从箱子里取出开口很大的抗滑诱饵，不用铅坠，直接装在钓线的前端，投放在同一个地方。几乎不使什么花样，只是慢慢地挪动。不一会儿，就有鱼来咬钩了。他水平地摆动着鱼竿，在鱼第二次咬钩的时候用力一拽，钓竿头部咯吱咯吱地弯了下去。他一会儿收线一会儿放线，让鱼来回游动，看到倒下的树木之间的空隙，就慢慢将线拉过去，最后钓上来一条长约五十厘米的深绿色黑鲈。

"怎么样？"

"棒极了。"

在随后的三十分钟内，我们两人共钓上来八条鲈鱼，每条都是超过三十厘米的大家伙。由于肚子饿了，我们开始准备早饭。草地上放着去掉内脏的黑鲈。我说我们快点烤着吃吧，阿健却严肃地摇摇头，劝我不要有这种图省事的想法。

"这是自然界赐给我们的神圣食物。无论肚子多么饿，也不能不好好烹调就匆匆下肚，那样吃的话就和猫没有什么区别了。我们是万灵之首，应该考虑更文明的吃法。"

在阿健拾掇鱼的时候，我点起了篝火。他在切成三块的鱼身上撒上盐和胡椒，每块都仔细裹上小麦粉，然后在平底锅里把奶油溶化了。鱼烤好了，发出诱人的香味。我的肚子开始咕咕地叫了起来。萨姆·赫尔喵喵地叫着围着平底锅转来转去。猫和人都饿得不行了。终于可以吃烤好的鱼了，即使有点没烤熟也毫无顾忌地送进嘴里。萨姆·赫尔也得到了两条完整的鱼。鱼香得让我们忘记了做人的尊严。我和阿健直接用手从平底锅里抓起鱼来就吃，而萨姆·赫尔每咽一口就妩媚地叫一声，心满意足地享受着美食。

在接下来的两天里，我们不停地钓鱼，早中晚一直吃。有时把鱼串起来烤着吃；有时用油炸着吃；有时把鱼炸好后放上醋、盐和胡椒，做成醋渍鱼。

完全吃腻了的我说："我们已经彻底报了仇吧！"那心情简直是一辈子都可以不吃黑鲈了。

阿健也满意地说："你现在知道这是个什么样

的地方了吧。"

第二天中午过后，我们决定最后钓一次收场。扛着钓鱼竿来到湖边，把各种各样的钓钩都试过了，但是鲈鱼怎么也不肯轻易咬钩，此时钓鱼有些心不在焉了。

"你不觉得有些美中不足吗？"我说。

"你说什么？"

真是一个迟钝的家伙，给他扔点诱饵！

"比如女孩子什么的。"

阿健抬起头瞥了我一眼。

"女孩子的哪个地方好？怎么样的好？"

"什么'怎么样的'？"

没有料到他会这般反应，我不由得一时语塞。

"你说的女的，是指作为性欲对象的异性吗？"

我目不转睛地盯着他的脸，因为我想知道他是不是在开玩笑，但好像不是在开玩笑。

"你是不是同性恋者？"

"你不会是当真了吧？"

"我说的女性当然不是指作为性欲对象的异性。"

阿健没有回答，从上衣口袋里取出香烟盒，甩了甩，从中叼出一根香烟，又从裤兜里取出一次性打火机灵巧地点着烟。

"如果是指对作为性欲对象的女孩子感兴趣，我很理解。"他缓缓地吐出一口烟，"从生物学的观点来看，这是很自然的欲望，因为无论什么物种都要传宗接代。只不过人是社会性动物，如果每个个体都随心所欲地追求欲望，那么社会就会一团糟。于是就要有某种约束，也就是结婚，像所有人所做的那样。总而言之，结婚就是我养着你，想要你的时候就要你，而不必付钱。对不对？"

这和爱情没有关系，只是合同关系而已，哪怕相互之间都有需求。如果不喜欢结成法律上的关系，那就应该老老实实掏钱"睡觉"。

哇！我原来以为自己对结婚是个相当的虚无主义者，但是现在看远远赶不上阿健。他的婚姻观简直就像寸草不生的不毛之地。

"那，恋爱呢？"

"是一种节俭吧。"

他幼年时肯定很不幸。

"你的意思就是说,与其啬地相互欺骗说'喜欢''爱慕',还不如花钱跟合适的女性上床更好。"

"的确如此。"他使劲地点了点头,把尚未抽完的香烟扔到脚底踩灭,"因为我是重视道义的人。"

这时有鱼来咬钩了。无论是汤匙还是油炸食品,这些家伙只要看见是新鲜的东西,马上就来咬。也许就连开葡萄酒瓶的起子或一次性打火机都会来咬。

"这家伙完全没有恐龙那样的智力。"我一边从鱼嘴里取出诱饵一边说道。

"你这种歧视性的言论真让人听不下去。"

由于这两天一直在一起,尽吃同样的东西,我们就像进入倦怠期的夫妻一样争吵不休,相互讨厌对方的言行举止,为一句不经意的话而恼火。

这时,有一条大鱼咬钩了。钓鱼竿弯了,线被一个劲儿地往水里拖,我慌忙把鱼竿竖起来,不让鱼跑掉。这条鱼的劲儿很大,几乎要把鱼竿拖到湖里去了。

"是一个大家伙！"阿健叫道，"听到你说的话了！"

我一点一点地拖这条鱼。

"拉过来！"阿健大声叫道，"放手的话会跑掉的。怎么能叫大家伙打败呢？！"

挣扎了一会儿，线不动了，现场充满了一触即发的紧张感。我慢慢地卷起了线轴。鱼竿几乎弯成直角了，线上的水滴在阳光的照射下闪闪发光。突然，就像被一股无形的力量弹飞起来一样，我不由得向后翻倒，后脑勺重重地撞在地上的木头上，顿时看到在大白天的天空中无数的星星在闪烁。

"不要紧吧？"阿健盯着我问道。

鱼竿笔直，透明的线在风中轻轻地摇摆，湖面在令人目眩的夏日骄阳下闪闪发光，四周静悄悄的，就像什么也没有发生过。

7

我对莫扎特的喜欢，几乎达到鉴酒师喜欢酒的地步。放暑假的时候，我决心全身心钻研二十首左右的钢琴协奏曲，天天换着听各种各样的唱片：首先听巴伦博伊姆、阿什肯纳齐、佩拉西亚的名作，然后再听威廉·巴克豪斯、克利福德·柯曾、鲁道夫·谢尔金、克拉拉·哈丝姬尔等名师的演奏。

在房间里听莫扎特的时候，有时会精神恍惚，不由自主地想起风岛香澄来。每次想到她，心情都有点怪怪的，就像有人用细针扎我的心窝。虽然说像一起交通事故，但孤男寡女在一起过了一夜，之后就像什么也没发生，甚至像根本没有这回事一样，假装什么都不知道。这种感觉就像是虚幻的、摸不着头绪的体验一样。

那天早晨离开她的公寓时，我们都觉得很别

扭。风岛香澄几乎不说话，那种态度好像在暗中责备我的行为。傍晚我去看她的时候，两人的谈话也没有什么进展。我问她怎么样，她只是非常简单地回答几句。第二天她不在。之后又去过她的公寓几次，但都没能见到她。有一次在敲门的时候，住在旁边的女学生告诉我说她放暑假回家了，我不知道她家在哪儿。

我很迷惘，心灵受到了伤害。也许她认为那天夜里被我抓住了弱点。那她为什么还让我进屋？她不是卖弄风情地对我说"能不能再待一会儿"吗？不管怎么责问，奇怪的是，我没有对风岛香澄产生憎恨，倒是对自己在那种情况下未能成事的没出息感到几分厌恶。我想大概是因为和平教育吧。日本人因为曾遭受切肤之痛而一直宣传"不想再次进攻"，所以就连谈情说爱之事也遵循和平宪章了。广岛悲剧不容重演①。

---

① 广岛悲剧不容重演：号召人们牢记日本广岛曾被投下原子弹，不要让灾难再次发生的口号。

我想起了心理学课上听到的"幻肢"故事。在事故或战争中失去手脚的人感到身体失去的部位有疼痛感。我觉得风岛香澄就像我被砍掉的身体的一部分。我不是失去了身体的一部分，而是我的身上长出了心。那感觉就像衬衫里掉入松针一样，被扎得难受。

八月，我们举行了高中同学聚会。在一阵热闹之后，大家按照惯例又唱起了卡拉 OK。由于歌声太嘈杂，又喝多了兑水的酒，我的心情很不好。这时，在当地的女子大学上学的下村朱美向我打招呼：

"鲤沼君，小组活动怎么样了？"

"我没有参加什么小组。"

她几乎偎依上了我。这家伙，上大学后马上就春心萌动了，像夜总会（虽然我没去过）的女招待。由于我了解她初中、高中的事情，所以现在一点儿也不为所动。她从坤包里找出一个小信封，告诉我她参加了书法小组。

"我在举办作品展览，可以的话来看看。"

"好。多少钱？"

"不要钱。反正是卖剩下的。"

我接过门票。

"我想到时候我会在会场。"

"明白了。我一定去。"

之后，我去看了书法展览。奇怪的是她竟然很高兴，说："你真的来了。我太高兴了！"就这样定好约会。当天将近中午的时候，我们碰头坐电车去了郊外的游乐场。因为是盂兰盆节，到处都是带着小孩的父亲，拥挤不堪。受欢迎的加演节目前排起了长长的队伍。湖边租船的地方也写出通知："现在的等待时间是一个小时。"

"就像举行成人仪式的保龄球场一样啊。"我说。

"我们坐过山车吧。"

"肯定很挤，还是坐高空观览车吧。"

"说这说那的，其实你是不敢坐吧。"她微笑着看着我的脸，"那好，坐高空观览车。"

几乎没怎么等就坐上了高空观览车。在工作人员的指导下坐进去之后,吊舱就成了两个人的世界。突然,我的大脑神经敏感起来,脑袋里打起了坏算盘。我准备忘记高中二年级时在毕业生欢送会上发生的尴尬一幕——由于模仿麦当娜一点儿也不像而遭到全校师生的嘲笑。我打算先采取一些行动,运气好的话也许能够接吻。如果坐过山车,那可是要冒生命危险的,还是坐高空观览车好。正想到这儿,她突然问我:

"你觉得书法展览怎么样?"

这是一个出其不意的问题。

"嗯,好啊。"我想了一会儿说,"尤其是草书,写的字我几乎认不出来,但总觉得很好,真是不可思议。"我回答得很认真,觉得这时的自己很可悲。

从下村朱美的表情来看,好像正合她意。她说:"所谓书法,就是抛开文字本来的意思,追求纯粹的造型美。在这一点上,也许和抽象画很相似。"

"的确如此。"

吊舱快要到达最高处了。我琢磨着赶快改换话题,但是被她说的书法造型美扰乱了头绪,想不出来。和她相对而坐是个错误。在这种姿势下就连若无其事地抱抱她的肩膀都不可能。最后，在谈论良宽 ① 的时候到了最低处。

"辛苦啦。"一位男工作人员一边打开车门一边说。

"我们去划船吧，划船！"我有点自暴自弃地大声叫道。

"太拥挤了吧？"她皱了皱眉头。

"无论如何也要划船！"

我打算在湖心岛的后面找到吻她的机会。等了三十分钟之后终于坐上了小船。由于湖小船多，湖面显得很拥挤。划船时要避免相互磕碰，也是一件辛苦的事。而且由于周围全都是小孩坐的船，前进方向极不规则，稍不留神就会突然在眼前打起转来。我被弄得汗流浃背，从船上下来的时候疲惫不堪，几乎连话都懒得说。

吃了比萨，各喝了一杯啤酒后，时间已到了晚

---

① 良宽：日本名僧良宽禅师，是一位诗人兼书法家。

上七点。只要她一谈书法，那么别说上床，就连接吻也还差十万八千里呢。我想今天晚上就这样把她送到家，老老实实地回去吧。

我一直以为下村朱美肯定是住在自己家里的，但是途中听她说，她现在离开家和哥哥一起租了个公寓。她的父亲是个在自家开业的儿科医生，哥哥是和我同一所大学的医学部的学生。好像是她哥哥为了学业之便要在大学附近租房住，她也就跟他一块住了。

"他常常要实习，晚上回来得很晚。"

"还是医学部忙啊。"

医学部校区和附属医院都位于稍稍远离学校本部的地方。

"不去坐一会儿？"在靠近公寓的时候，她问我。

顿时我的心情激动起来，但还是叮嘱自己不要期望发生什么。

"你哥在吧？"

"怎么说呢，他常常去医院。"

但是仍然不能麻痹大意。有希望的时候，也有可能是在只剩下两个人的时候谈良宽。

她打开门，大声地说："我回来了。"聆听了一会儿，转过身来对我说："好像不在。"

之后的发展真像是疾风暴雨一般。进了大门就是一间六个榻榻米大的起居室。她的房间在右侧。起居室里面好像是她哥哥的房间。为了保险起见，我们把鞋子拿开了。下村朱美让我进了房间，拉上卧室和起居室之间的拉门，插上了门闩，转过身来就抱住了我。我不由自主地放下拿在手里的运动鞋。由于笨拙地把脸贴得太近，牙齿碰着牙齿发出轻微的声音。接吻之后，她对我说："来吧！"那时我立刻想起滚石乐队的处女作——查克·贝里的《来吧》，进入了状态。房间里放着一张藤制的简易床，我们相拥着倒在上面。我马上就去解她的衣扣。

"等一下。"她按住我的手，"你先脱。"

此时的我任由下村朱美摆布。在两个人都脱光的时候，她说："用手弄。"

我差一点儿要问："弄什么？"她自己引导着我。在我玩弄她那地方的时候，她发出了呻吟，身体一点点地痉挛起来。我又差一点儿问她："怎么了？"我决定把一个接一个涌现出来的疑问综合起来考虑一下，努力把握好正在发生的事情。她骑在我身上，弯下腰使劲动了起来。我就像在波涛中翻滚的冲浪板。

突然，她停住了所有的动作。

"不好啦！"

"怎么了？"

"别出声。"

拉门外有人在喊"朱美"。

"你哥回来了？"

"嗯。"她用手堵住我的嘴说，"我有点不舒服，在睡觉呢。"

"没事吧？"

"可能是感冒了。"

"我给你看看。"

从声音来判断，他马上就会进来。而他的妹妹却全身赤裸，正骑在一个男人的身上。

"没事的。"她着急地说，"哥哥，医院怎么样了？"

"今天是星期天，我就早点回来了。"

听起来他好像去自己房间了。

"快穿衣服。"她边找散乱在四周的自己的裤子边说。

"给我纸巾……"

她看着我就像在说："这个人，怎么回事？"然后胡乱地把纸巾盒塞给我。

"你赶快走吧。"

"我怎么出去？"

她轻轻地打开朝向路边的窗户。潮湿的夜气飘进房间。

"从这儿？"

"你快点！"她不容分说，把运动鞋扔给我。

"说不定再过一会儿你哥会出去的。"

下村朱美瞪着我，脸色很吓人，好像在说："不行！"

"那，下一次……"

她不耐烦地连点两下头说："好，好。"我爬过窗户到了外面。房子和道路之间是狭窄的树丛。她隔着窗户把鞋子递给我。我正想说点什么,她却说了一声"再见",迅速把窗子关上了。

8

"简直是只发情的猫。"阿健边在调色板上拧画笔边说,"和女的上床必须老老实实地付钱。你既想不花钱,又想要舒服,所以才搞成那样。"

"反正我是个又小气又下流的男人。"

他充耳不闻地说:"我们唯一的信条是等价交换。爱情和真心都以这一原则为基础。在享受资本主义的财富时,却把恋爱看成非资本主义,我认为这是不正当的。"

"人类是多么寂寞的动物啊。"

我在想下村朱美,眼前浮现的却是风岛香澄的面容,而且她柔软的身体也在我脑海中苏醒了过来。我们在公寓的同一个房间里过了一夜,相拥着迎来了黎明,却什么也没有发生。

"女人是魔鬼。"我自言自语，就像夏目漱石作品中的"三四郎 ①"。

阿健吃惊地回过头来。

"不要为女人那点小事就自暴自弃。"

"唉，还是你光考虑画画好啊。"

虽然不开心地掩饰过去了，但还是有点寂寞和失落，主要原因就在于谜一般的风岛香澄。

下村朱美只是一个任性的人，她让对方失望是因为她本人的反复无常，没有什么更深的内涵和神秘。而风岛香澄却充满神秘，而且现在这种神秘感进一步加深。下村朱美也许是一道有点难解的应用题。虽然是道难题，但完全能给出答案。但风岛香澄究竟有没有正确答案呢？如果把"风岛香澄"作为入学考试题，可能出题者会被解雇，因为它比难题还要难。一开始就没法解，也不好打分，还找不

---

① 三四郎：夏目漱石所著小说《三四郎》中的主人公。该小说近似于"教养小说"，写农村青年在东京大学求学的生活和对女性的爱慕，表现了一个农村青年的成长过程。

到类似的题目。也就是说，那个，那个……

"据说近来男性的精子数量在减少，功能也很差。"阿健对着画架一边挥动画笔一边说，"也许人类会有那么一天，由于不能繁衍后代而走向灭亡。或者即使有性行为，生下来的也都是突变体。"他转过身来征求我的意见。

"你很了解生态学嘛。"

"我一直认为现代医学是为了治疗先天性异常疾病的。"他用画笔打着拍子，像演戏似的说，"未来的孩子们，为了你们，我在随意地消费现在，消耗着水、空气、粮食等地球上的东西，但是什么也没生产，就连你们……阿门。"

这是关于这个世界末日的天真的谣传和戏言。虽然是开玩笑，但是大家还是要害怕地叫起来。这是一种没有饥饿征兆的深不可测的不安和空虚。过于富足，超过一定的限度，也许就接近恐怖了。在过剩的自由中把自己当成被抛弃者，这是为什么呢？

9

八月末的一个星期天，我和母亲早早吃过晚饭，看起电视转播的棒球比赛。这时，门铃响了。打开门，风岛香澄站在门口。

"晚上好。"她说。

"哎呀！"我吃了一惊，"怎么了？"

"送你这个。"她递给我一个点心盒，从包装纸上可以看出是八桥煎饼，"我回了一趟家。上次多谢您了。"

"不进来坐一会儿？"

我有点强行地把她带到二楼我的房间，从冰箱里取出两杯刨冰。

"吃晚饭了吗？"

"吃过了。你呢？"

"我也吃过了。"

谈话很没意思。在这之前我们也没有很好地谈过话，当时主要是些有关生理方面的内容，如"心情不好""想吐"等，后来就像被卷进劫机事件一样同床共枕。可以说几乎是一种既成事实的关系。现在我们也是带着不舒畅的感觉沉默地吃着冰。

　　"你家在京都？"

　　"不在市内，在郊区。"

　　"暑假过得怎么样？"

　　"很无聊。"从她的说话方式来看，好像很不值得回答，"你呢？"

　　"和你差不多。我专心钓鲈鱼了。"

　　"有意思吗？"

　　"下次一块儿去吧？"

　　"好。"

　　我闻到了淡淡的香皂味，也许是因为她来这里之前洗了澡。这让我感到有点满意。

　　"考完试去玩吗？"她追问道。

　　"去京都？"

　　"父母啰啰唆唆的，让人在家里待不住。我们可以在市内宾馆租个房间，一块儿游览观光，可以吧？"

她的心境究竟起了什么变化？难道是在家的一个月让她对我的思念成熟了，还是和高中时的男朋友分手了？诸多疑问都被单纯的喜悦冲没了。

"太好了！太好了！我还没去过京都。"

眼光突然碰到了一起，我知道两个人都在考虑那天晚上发生的事情。这时传来敲门声，母亲端着薄荷茶走进屋里。

"欢迎您。"

"打扰了。"

母亲对她拿来八桥煎饼表示感谢之后，风岛香澄简单地做了自我介绍，气氛非常融洽。我们在喝薄荷茶的时候听到了放焰火的声音。

"商业街在放焰火。"

我站起来打开窗户。夜晚微暖的风吹在由于空调、刨冰和薄荷茶而凉透的身体上，感觉很舒服。

"在哪儿放的？"

"可能在附近的海岸边。"

从屋子里能看见一部分焰火，黑暗的天空被染成蓝色和红色。但是和声音相比，能看得见的焰火非常少。

"在这儿看还是不行，我们出去看吧？"

"好。"

但之后我们做的事不是看焰火，而是接吻。当我们脸贴着脸接吻的时候，风岛香澄的手搂着我的脖子，我从她的腋下抱住她。闭上眼睛轻轻呼吸的时候，我闻到了薄荷的香味和混杂着香皂味的轻微汗味。至今我还记得那种味道。

第二部

10

　　上半学期的考试结束后，我在当天傍晚坐上夜行列车离开了这座城市，并于次日清晨到达了京都。香澄来车站接我。她先考完试，提前一天回了家。

　　"我来了。"我说。

　　"真的来了啊！"她微笑着说。

　　我们走进附近的咖啡店，吃了烤面包片和鸡蛋。有几个准备上班的人也同样在吃烤面包片，喝咖啡。卖花的老太太拖着双轮拖车从窗外走过。

　　"在车上睡了吗？"她问我坐火车的事情。

　　"刚躺在空的座位上，列车员就过来把我叫起来，说会妨碍别的旅客，可是并没有别的旅客。"

　　"那你很困吧？"

　　"没事。你带我到处转转吧。"

　　"想去哪儿？"

京都古香古色，颇具风情。整座城市就像文化遗产的主题公园，到处都是名胜古迹。如果不是和她在一起，恐怕会觉得自己是来修学旅行的。

"到处都是国宝、重要文化遗产的话，也没有什么好处啊。"

"别这么说，不然警察会逮捕你的。"

"你家在哪儿？"

香澄告诉了我一个附近城市的名字。从她的口气来看，好像不打算把我介绍给她的父母。我也并不特别想见他们。我希望这是一次古都的幽会，而不是父母允许的约会。

"你今天格外漂亮啊！"我漫不经心地四处张望，"我觉得你很配这座幽雅的城市。"

香澄瞥了我一眼说："你笑话我？"

"哪里话！我只是说了我想说的。"

"是吗？"她冷冷地说，"谢谢！"

"风岛香澄，"我一本正经地说，"为了使这座充满文化和历史气息的城市更加有魅力，我想你应该更加放荡不羁一些。"

"喂，鲤沼！"

"嗯？"

"你在大学光干那种事了吗？"

我们逛了几座历史教科书中出现过的神社寺庙。中午时进了一家寿司店。这家店的大门是质朴的民家构造，里面却像画上的老铺子一样，白木柜台透着皇家文化的气息。菜谱上没写价钱，真让人有点害怕，因此难得的一顿饭让人充满了恐惧。幸好香澄说想吃黄瓜寿司，我也要了同样的寿司。吃完后结账，价格并不是特别贵。走出店门，没有了恐惧，空肚子也有点饱了。

虽然肚子并没有完全饱，但我说："可以吻你吗？"

"就在这儿？"

她这么一说，我往四周一瞧，发现我们在一座叫千手阁王堂的寺庙前面。

"地点有些不合适。"

"好像是有点。"

等到皇宫或鸭川再接吻吧。

我们没有接吻，而是手拉着手。

"喂，鲤沼，"这次是风岛香澄说话了，"为什么是我？"

"什么'为什么'？"

"你来见我的理由。女孩子到处都是，为什么特意跑这么远来见我？"

"你叫我来的呀。"

"这不是回答。"

"我真的要回答吗？"

"老实说，不要忘了这是在阎王殿前。"

虽然是假装开玩笑，但是空气中弥漫着一种紧张的气氛：回答不好，两人的关系有可能就此结束。

"我服你了。"

我考虑了一会儿，感觉自己就像被拖到阎王面前的罪人一样。

"七月份在游园会见到你的时候，你看起来非常寂寞。不知道为什么，也许是我想得太多了……我觉得你非常寂寞，非常孤独。那是一种很沉重的孤独，好像在这个世界上没有一个亲人。于是我就想，你的孤独是为我准备的。"

"很合适的解释啊！"

"还行吧。"

虽然没有笑容，但也不是挖苦的语气。

"你的孤独呈一个小小的心形，和我心中的空隙正合适，简直就像拼图板一样。我像一个诗人吧？"

她终于笑了。不知我给阎王的印象如何，但好像很中她的意。

一起吃完晚饭之后，我到街上找当晚住宿的旅馆，香澄也跟着我。转了不到一个小时，在车站附近找到一家合适的旅馆。服务台很大，同一层有一个很大的休息室和一个咖啡厅，很多人走来走去。我在登记簿上胡乱写了一个地址和姓名，开了一个单间。在此期间她一直在休息室等着我。

"去房间吧。"我顺其自然地说。

香澄没有拒绝。我们乘电梯去房间。二楼和三楼分别有西餐厅和日本料理店，没有人觉得我们奇怪。

现在，我们的情况又和游园会的那个夜晚一样：并排躺在窄小的床上，手握着手，仅此而已。这样下去，肯定又会和上次一样度过一个优柔寡断的夜晚，迎来一个一事无成和自我憎恶的早晨。今晚应该有所超越。我想把我的心情告诉她。但是说什么好呢？用京都方言说"我要"吗？

"好吗？"

这是在困窘之际所采取的一种试探。她没说好，也没说不好。我把这理解成表示信任的意思，轻轻地给她脱了衣服。

"疼吗？"

"嗯，有点疼。你呢？"

"前面就像被什么咬住一样。"

吃光干粮的登山者空着肚子在山里游荡了好几天，终于来到一间可以避难的小屋，里面有发生紧急情况时吃的罐头……但是怎么找也找不到罐头起子。由于太饿了，差点疯掉。此时脑海里突然浮现出下村朱美来，简直就像上帝的启示一样，我把手伸向香澄的下身。她条件反射似的抓住我的手，明显地传递了拒绝的意思。为了溶化这层意思，我用唇吻她的身体。从头部吻到脖颈、胸部、腹部……香澄的表情有点奇怪。

"鲤沼，你有经验？"我吻完之后她问我。

我犹豫了零点几秒。

"没有。"

"你说谎。"

阎王爷的面容从脑海中掠过，我沉默不语。

此时她说："对不起。"

"你为什么道歉？"

"我不该问这个问题，因为跟我没关系。"

我检测着她话语中的 pH 值，现在的氢离子指数是呈弱酸性吗？我什么也没说，把她抱入怀里，听到了她平稳的呼吸声。我把自己的呼吸频率和她的调成一致，于是两人的气息混在了一起，我感觉我们在毛毯下融为了一体。

过了一会儿，风岛香澄又问我说：

"你喜欢做爱？"

"是阎王爷碰到这个问题了吗？"

她笑着回答："是的，当然是。"好兆头！

"我不清楚自己喜不喜欢做爱，但我喜欢和你这样。"

虽然是实话实说，但一说出口，竟然感觉像一个优等生的回答。

"喜欢那儿？"

"哪儿？"我一时语塞，考虑了一会儿说，"我们这样抱着，就觉得自己的身体变成了风、光或色。身体的各个部位都很轻松、透明，就像要变成散发着香味的物体。而且……"

好像还言犹未尽，但我不知道该怎么说了。再加上说话的时候又一次勃起，说一些风呀光呀什么的又觉得不怎么具有说服力。

"就那个地方。"

"哼……"

"你呢？"

"不告诉你。"

我抱着她，胳膊稍稍使了一点儿劲。她叫了一声："难受。"我松开手抚摸着她的头发问道：

"以后我叫你'香澄'行吗？"

她微微一笑说："可以呀。"

"香澄。"

"什么？"

"我们结婚吧？"

"你说什么呀？捣什么乱！"

"我这可是真心的建议。"

"你总是提这样的建议，向只睡过一两次的女孩子？"

"你真无情啊！"

"对不起。"她说着吻了一下我的鼻尖，"不过，我想我可能和谁都不会结婚。"

"为什么？"

"我也不知道。"

我觉得好像并不是她自己不知道原因，而是她不知道如何把自己内心的想法说出来，或者是她现在不想说出来。

"你不要那么严肃。"她在毛毯下握住我的手说，"我喜欢你。"

她这么一说，我并没有觉得不舒服，但是由于她说得过于直率，我觉得她好像是在说"我喜欢这条鲈鱼"。为了打消脑海中的疑问，我说：

"我也喜欢你，因此……"

她赶紧吻住我的嘴，不让我再说下去了。

我想知道香澄身体的一切，无论是身体表面还是身体内部。就像伊能忠敬①测量日本的国土那样，想要丈量她身体的各个部位，而后制作一张完美的地图。我要根据这张地图在她身上旅行。这种慢悠悠的、令人焦急的感觉，就是真正的爱吗？肉体是令人着急的，我能不能更为直接地抓住她的灵魂？

每当我们轻轻拥抱时，都会从简易修建的墙壁传来隔壁房间的响声。每次我们都停下来，侧耳倾听响声，一声不吭地相互凝视片刻。她的眼睛暗淡

① 伊能忠敬：日本江户幕府时代末期的地理学家、测量家。伊能忠敬花了十几年的时间走遍日本各地，在对山、河及海岸线做认真测量的基础上完成日本最初的实测地图。

空虚，长时间盯着那双眼睛的话，好像会被吸到里面去。即使插入很深的时候，也让人怀疑她是不是与无限的虚无做伴。释放出的精子会进入她的体内着床吗？她的子宫和黑暗的宇宙空间相连，精子会不会像宇宙萤火虫一样在黑暗的真空中挣扎呢？

"哎呀！"

"怎么了？"

"射精了。"

"啊！"

她立刻从床上跳下来跑进浴室。她要干什么？

过了一会儿，她出来了，一脸恐惧地盯着我说："我把它弄出来了。"

"对不起，会不会怀孕？"

"我想可能不会吧。"

女人身体的神秘真是让人捉磨不透。即使如此……射精后心情为什么就像狂欢节结束之后的里约热内卢的街头一样？

醒来的时候，发现香澄以一种紧紧搂住什么似的姿势在睡觉。透过窗帘射进来的晨光照在她侧着的脸庞上。她睡着的时候，样子看起来很娇小。长长的头发贴在床单上，我托起来仔细端详，内心深处就像被针戳一般，感觉像失去了什么似的。我不知道为什么，甚至忘记了新的一天已经开始。

我想向每个擦肩而过的人挥手。我很幸福。如果幸福存在总量，我会像超新星爆发一样化作黑洞吧。幸福的感觉非常强烈，自己一个人简直都容纳不下。如果只是今天一天，我也会成为"特蕾莎修女①"，因为无偿地给予他人，能够更强烈地感受和实现自己的幸福。

去神社或寺院都无所谓，看它们是浪费时间，我只想一直看着她。我也曾这样想，现在这一瞬间，世界各地和我们一样意识到幸福的年轻人肯定都和恋人一起并肩走在大街上。萨拉热窝、耶路撒冷、都柏林、北京、华盛顿哥伦比亚特区，都有无数的同志，通过希望和幸福连在了一起。我们悄悄地改

---

① 特蕾莎修女：天主教慈善工作者。在印度建立仁爱传教会，开设"孤儿之家"和"临终之家"。1979 年获诺贝尔和平奖。

变着世界。和平！

我每走几步就会停下来，冲动地想抱紧香澄吻她。我的下身还残留着在她那儿的感觉——被牢牢包住的感觉。那是一种只欢迎我一个人进入的感觉。说实在的，做爱也许对双方而言都不是快乐的，但却胜于快乐。我不能很好地把它表达出来。准确地说，即使我们将来通过做爱获得快乐，但第一次接触所感觉到的痛苦般的美妙也会在那一瞬间永远地驻留……和平！

我预定乘当天的夜车回城。香澄在家里过四五天再回学校。一周之后又能见面，但她非常难受。下午都用来做离别的准备了。两人都不怎么说话，互相都有点冷淡。谈话时断时续，很不自然。

最后一顿晚餐我们吃了中华料理。

"简直和我们一样啊！"我一边用筷子费劲地夹着糖稀放得过多的红薯一边说，"它们同样也不愿分开。"

实际上我很想变成红薯，想和香澄两人一丝不挂地抱在一起，凝固在透明的糖稀之中。但是另一方面，我现在有时间来体会分别的痛苦，能够对不足一周的分别感到很痛苦，这难道不是两人心灵相通的证据吗？而且此时，也就是在城边简陋的中华料理店对红薯进行思考的这个时候，我完全明白了自己想要干什么、想要度过什么样的人生。

由于列车快要到站了，我们进了车站。香澄看起来马上就要哭了。她哀求道：

"你能不能再待一天？"

很难准确地说出当时的心情。当然我很高兴，她求我就已经让我很满足了。但同时，作为一名警察的儿子，一种现实的考虑占了上风。如果被现在的感情击倒，接受了香澄的请求，那将来就有可能无法很好地把控两人之间的关系。其实我也很想和她在一起。如果能够在一起，其他事情怎么都行，因此更加讨厌临时敷衍。我要创造一个两人能够永远待在一起的可靠地方，而不是在便宜的旅馆。

"香澄，这不是一样的吗？"我不由自主冠冕堂皇地说道，"即使再待一天，明天分别的时候，不还是这样？"

我觉得好像不是自己在说话。

"你走了，我就一无所有了。"

"真是个傻丫头，我会给你打电话的。"

她没有答话。

"回到学校，不是每天都能见面吗？我们租个地方一起过日子。"

香澄轻轻地摇了摇头。这时广播里传来了"列车到站"的声音。

"你走吧。"她低着头小声地说。

11

　　旅行回来后的几天里，我一直处于兴奋状态中。这是一年之中最美的季节。清晨我很早就醒来，太阳和空气都是崭新的，昨天的一切荡然无存。就连平日里司空见惯的街上的建筑和公园，都在朝阳的沐浴下闪烁着清新的光芒。以前显得有点脏的世界，也一下子变得干净起来——就像每天都洗一次澡、刷两到三次牙、十分勤快地换内衣和袜子一样，一切都焕然一新。我对这些感到莫名的满足。

　　老实说，我的家庭是最差劲的。父亲在外面有了情人，离开了家。原本打算以自己的病情来挽留丈夫的母亲，在失去了父亲对她仅存的一丝爱情之后，就反复地伤害自己，现在陷入忧郁之中，几乎不能自拔，每天都要服用镇静剂和安眠药。妹妹对这种父母感到无比厌倦，整日和一些品行低劣的男人混在一起，过着放荡的生活。真是一个糟糕透顶的家庭……但是我和他们不同，我要借助健康的饮食和莫扎特的音乐的力量从这种垃圾堆似的家庭中解脱出来，哪怕就我一个人。

我家附近有一块陆军墓地，傍晚时分我经常到那里去散步，沉浸在与恋人分离的伤感中。只有这种伤感能使我获得一丝愉悦。我寂寞地沉浸在思念之中，真想把自己的一些闲事告诉那些长眠在墓地里的逝者：你们长眠于冰冷的地下，而我却拥有一个美丽聪颖的恋人。我是否应该感到内疚呢？真是很遗憾，我与胆怯无缘。这是因为我的幸福感过于强烈，以至于我认为应该和你们分享。

我有一种位于食物链顶端的感觉，甚至连和下村朱美的做爱，现在也像印刷低劣的文字一样模糊不清。我还是第一次有这样的想法。我是不是完全变成了另外一个人？如果和女孩子是一种纯商业性的关系，那么想干就可以干。但是，我突然觉得继续逢场作戏显得很愚蠢。没有城府的外向性格、天真的自我推销……这些我都想在十九岁之前结束。

不知未来为何物的"我"啊，永别了！是到了意识到自我的时候了。我从何处来，又要往何处去呢？我要在过去与未来交界的现在，证明自己的存在。

但是，那种积极而又充实的日子只持续了几天。风岛香澄考试休假结束从家里回来的时候，显得郁郁寡欢，情绪低落。无论我怎样跟她搭话都收效甚微，在我们未来的关系上骤然弥漫着一层阴云。到底发生了什么事情？是不是跟父母吵架了？我在苦苦寻找外因，这是处于恋爱之中的人常干的事。

我虽然不能释怀，但依然十分看好我们的关系。我总觉得在我们耐心交往的过程中，将会有奇迹出现，就像施了魔法一样，所有的一切都将回归原位。我现在只想每天看见她笑一次，只要这样就足够了，就连做爱这样的事情也无关紧要。一个星期过去了，又一个星期过去了，但情绪高涨的自始至终只是我自己，她依然情绪低落。这让我感到自己好像是一个尴尬的说书艺人，站在台上滔滔不绝，观众席上却空无一人。

她的态度对我来说是一个谜。那两天究竟发生了什么事情呢？由于梦境过于甜美，所以梦醒之后我也无法承认那是一个梦。不，若是梦的话，应该会想得开的。但是发生在我身上的一切的的确确是现实，而现实突然发生了变化。这和游园会的时候如出一辙——我们的关系刚刚进了一层，却又立刻产生波折。变化之剧烈，以至于我经常被弄得晕头转向。与其这样，还不如对她说："那天的事情只是我一时的心血来潮，我并不爱你！"

我一直深信自己是香澄唯一而又特殊的人。在旅馆发生的事不是验证了吗？这样的胡思乱想，通过她那薄情的态度变成噬咬我内心的毒虫。两人共同创造的美好回忆一下子变得陈旧不堪，甚至我对她的印象都变味了。为此我曾经恨过香澄。我感觉自己好像无缘无故地遭受了不公平的待遇。

我逐渐被一种残缺不全的感觉包围，情绪低落，干什么都提不起精神，而且心神不宁、忐忑不安，常常觉得天下虽大，却没有我的容身之处。我强烈地怀念与香澄一起度过的那两天。在街上散步时也尽是盯着一对对情侣瞧，甚至连那些平日里看起来长相丑陋、感觉可怜的夫妻，我现在也带着一种嫉妒而又羡慕的眼光看着他们。

风岛香澄并不是一个任性的人，而是那种在和朋友的交往中压抑自己情感的女孩。然而，从她那极有分寸的态度中，我却感觉到，她与其说是在自我克制，不如说是在自我放弃。她自己是一个虚无主义者，这把追求她的人也引入无尽的虚无之中。

香澄的心里有一片冰地，现在这种隐隐约约的感觉强烈地在我脑海里浮现出来。我不知道她那种令人毛骨悚然的冷漠究竟是从哪里来的。但可以肯定的是，她的心里有一块可以称作"感情零度"的区域。一旦触摸到它，我的心也会变得冰冷，变得进退维谷。

我劝自己："放弃她吧！"风岛香澄并不是我所能对付得了的。但是与此同时，我又更加疯狂地追求她。她的容貌似乎已经深深地印在了我的脑海之中，我无论干什么事，都会突然想起她。她的存在破坏了我的遗传基因，这也使得风岛香澄在我的心里像癌细胞一样无限扩散，不久之后我就会因被她俘获而亡吧。

　　如果有可能，我希望把手伸进她的心里，把她内心所有的东西都掏出来。她对我究竟是一种什么感觉呢？我在她的心里确实占有一席之地吗？抑或只是她生命中的匆匆过客？

12

一放寒假阿健就约我一起去打工。我们当码头工人，在大船与舢板之间装卸货物。虽然是重体力活，但工钱很高。好像阿健以前手头一紧，就来这儿打工糊口。

"因为过年需要钱啊。"

第一天干活我就累得要死。第一趟脚就抽筋，第二趟肩膀脱臼，但是从第三趟开始就慢慢习惯了，几乎忘记了前面的痛楚。

"一定要考虑到一起合作的伙伴啊！"漫长的上午结束之后，我摊开四肢躺在海岸上，心情就像被钟声解救的西西弗斯①。我对阿健说，"我们简直像拉大帆船的奴隶一样拼命工作啊！"

---

① 西西弗斯：希腊神话中的一位悲剧英雄。他被众神惩罚，把一块石头从山脚推到山顶。石头滚下来，再推。如此反复，周而复始。

"干活的窍门掌握得不错嘛。扛包的时候你很稳当。干这种事，平衡感是很重要的。"阿健一边吃着热气腾腾的盒饭，一边心平气和地对我说，"你以前跟人摔过跤吗？"

"那种事啊，我可没干过。"

活虽然累，但毕竟是份工作。在这里干活的人大部分人品不太好，其中有些人一眼看上去就知道是哪一派的黑社会分子，所以与他们擦肩而过的时候，不怕把货物掉到海里，而是害怕与他们肩膀相碰被找碴儿。但奇怪的是，阿健却跟他们随便说话。看到休息时他们搭话的样子，我这个旁观者也不那么紧张了。

"喂，"我小声问他，"那些人是黑社会分子吗？"

"是啊。"

"是什么是啊，你就那么肯定了？"

"他们这些人哪，"阿健无论何时何地都是这么不拘小节，"为了给组织筹集资金，会在没有什么事的时候，来这里干活。"

"虽然我也清楚他们很卖力，但我们是规矩的市民，还是不跟他们走这么近比较好吧。"

"他们很喜欢我。"阿健看起来很高兴，"他们还夸我'大哥有力气，真好'呢。"

被黑社会分子夸奖……这算什么事嘛！

第二天，我们在背风的仓库阴凉儿休息时，他们中的一个人过来跟阿健说："大哥，又要拜托你了。"说着，那人随手把一沓一万日元的钞票递给阿健，接着郑重其事地递给他一张纸片，嘱咐道："今天就押这个了。"

"明白了。"阿健好像一切都了然于胸似的，平静地接过那一沓钞票。

等那人走远后，我慌忙问道："到底是干什么？"从金额上来看，我觉得一定跟毒品有关。

"你跟我来。"

"哎，等等我，到哪儿去啊？……"

阿健边走边向我讲述了事情的原委。我们干活的海岸对面就是赛艇场，看起来好像挺远的，但由于两岸之间没有任何遮挡，所以不用说是赛艇飞驰的情形，就连电子显示屏上的数字都看得一清二楚。每逢赛季，他们十分喜欢在午休时观看比赛。当然，这些人原本就是赌徒，所以光看是远远不能满足的。于是由大家出资来赌，金额当然不是一两千那样的小钱，而是一人出一万，总额可超过十万日元。据说把这么一笔钱，经过一番争吵之后押在一场比赛上。他们托阿健去窗口买艇票，阿健因此也能得到相当于午饭钱的报酬。

"这么说，他们似乎是为了挣到赌博的钱才来这里干活的吧。"

"嗯。"

"偶尔也会中吗？"

"不会。"阿健边走边说，"这些人都不懂得分散投资，因为经常赌大空门儿，所以一般情况下都中不了。据我所知，他们还没有一次中过。"

"他们真是笨哪！"

"是啊。"

这时我突然脱口而出："如果不给他们买艇票，比赛结束后说些'真是遗憾啊'什么的，就算私吞他们的钱，他们也不会知道吧。"

当时我说的只是一句玩笑话，但此后的一整天，阿健好像都在认真琢磨我这句话。第二天，他在往售票口走的途中突然说道："这场比赛也绝对赢不了。"他的声音透着一种悲壮感："他们不可能赢的，因为到现在已经赌了十来次，一次也没中过。不是吗？"

阿健告诉我，他们要在午休时间买票，好像是赌下午的一场连胜单式比赛。

"连胜单式比赛是怎么回事？"我问他。

"就是必须押中最先到达终点的第一艘和第二艘赛艇。哪怕第一艘和第二艘顺序相反，他们也赢不到钱。"

"那就是说，不能猜中组合，而是必须押中顺序？"

阿健点了点头，说："而且他们经常把赌注押在从外侧出发的年轻选手身上。"

"那是怎么回事？"

"对于赛艇比赛来说，内侧是极其有利的。详细解释起来的话很复杂，但是的确如此。"

"他们真是愚蠢。"

"所以无论从哪个角度分析，他们这一场都必输无疑。"他自言自语地重复说道，"不可能赢的！如果不去买票而只是在比赛结束后对他们说'真是遗憾啊'，那么钱就全归我们所有了。"

"你是一直在想这件事吗？"

"喂，到底干不干？"

此时阿健的眼中闪烁着异样的光芒。

"还是算了吧。"我又想起了他们的脸，"不管怎么说做人还是地道些好。"

"但是眼睁睁地看着日本船舶振兴会赚钱，你不觉得气愤吗？而我们可以更好地利用这笔钱……"他恶狠狠地说着，神情俨然就像在策划杀害老太婆的拉斯柯尔尼科夫①。

"可是万一……"

---

①拉斯柯尔尼科夫：俄国近代小说家陀思妥耶夫斯基（1821—1881）所著《罪与罚》一书中的主角。

"不要紧，一旦出事我们逃跑不就行了吗？"

我没有说话，他催促我道："你倒是表个态啊。"

上小学的时候，剑道课的老师就经常教育我们说："人的内心世界中存在正义之心和丑恶之心，它们经常发生冲突。若心里萌生今天不去练习的想法时，丑恶之心就会对你窃窃私语'逃课吧'，而正义之心则会劝导你'努力去练习吧'。你们来这里练习剑道，就是为了成为在那个时候听得进正义之心劝导的人。"可是不知为何我却觉得丑恶之心的话听起来更有诱惑力。练习剑道的小学时代就是如此，现在还是……

他们押的是蓝色赛艇第一，黄色赛艇第二。两艘赛艇都是从外侧出发的，因此赌率非常高。如果押中的话，他们可能会得到数百万日元的奖金。

"从概率上来讲，相当于中一亿日元的彩票呢！"阿健说。

"是啊，是啊。"我也随声附和。

为了获得心理上的平衡，我列举了好几个发生概率无限接近于零的例子，比如某个行星上诞生生命啦，在路上行走时陨石落下砸着脑袋啦什么的。可是比赛一开始，从外侧出发的蓝色赛艇和黄色赛艇就飞驰起来，跑在了前面，越过了第一个浮标。

"不得了了！"阿健脸色苍白。

"怎么了？"

"不妙啊。"

"究竟是怎么回事？"

"在赛艇比赛中经常会出现从一开始到终点顺序都保持不变的情况。"

"什么？"

我后来才知道他们押注是有根据的，这是因为那天驾驶蓝色赛艇和黄色赛艇的的确是年轻选手，而且都是从外侧出发，但是两艘赛艇的发动机是出类拔萃的。装这两台发动机的赛艇在过去的比赛中非常出色，多次获胜。在比赛的前一天通过抽签的方式，决定哪艘赛艇装哪一台发动机。他们好像也一直留意这个消息。总而言之，蓝色赛艇和黄色赛艇现在行驶得非常好。

"怎么办？"阿健脸色煞白，好像尿湿了裤子一样。

"说什么怎么办？……"

"如果老老实实地替他们买艇票挣到一千日元就好了，正因为心里有贪念才出事的。"

"现在说这样的话有什么用呢？！"

"如果有时光隧道就好了。"

"开什么玩笑！"

"我没开玩笑！"

他们虽然脾气很好，但怎么说骨子里也是黑社会分子，当然是一些为了金钱而出卖体力劳动的勤勤恳恳的黑社会分子。但现在那笔钱被我们私吞了。

"逃走吧。"我提议道。

"不可能的。"阿健有气无力地回答，"如果被十多个黑社会分子追杀，是怎么也逃脱不掉的。"

"那会怎么样？"

"会被他们抓住宰了的。"

我当时真想把阿健撇下一个人逃掉，毕竟是他提出来私吞他们的钱的，而且他们也是求他去买的艇票。

"我们向上天祈祷吧！"阿健说。

看起来他打算硬逼着我跟他上同一条船。

"明白了。"

我盘算着姑且先跟他一起祈祷，一旦情况不妙就一个人逃跑。我们合掌盯着赛场。阿健目光空洞，嘴巴半张。电子显示屏上显示着一个大大的表盘，能清楚地看见秒针在走动。它走得极其缓慢，让人感觉时间几乎停止了。我们希望比赛能快点结束，又希望它永远不要结束。总之，心情异常复杂，难以言表。

我们的寿命肯定缩短了十年，那感觉简直就像在做噩梦。或许是我们的祈祷起了作用吧，在第三圈的第二个浮标处，黄色赛艇翻了，被后面的赛艇超过。虽然蓝色赛艇得了第一名，但由于他们押的是蓝色赛艇和黄色赛艇连胜，所以得不到奖金。

"得救了！"我大大地松了一口气。

阿健则面向赛场跪下，哭了起来。

"真是太好了！"我对他说。

"是啊！"他回答。

我们继续放心地干活。损失了十几万日元的他们好像什么事也没发生一样,依然在卖力地扛包。一个男的从我身边走过时粗声粗气地说道:"真是遗憾啊,这次大空门又没有赌成!"

那一瞬间,我几乎想说出所有的真相,把什么都告诉他们,把赌金如数还给他们。但是,他们不会只说一句"大哥,你很诚实啊"就善罢甘休的。

干完活,我们领了当天的工资就心无旁骛地踏上了归程。路上我们谁也不说话。走到我家附近,听到从商店街传来《铃儿响叮当》的歌声时,我们才终于缓过劲儿来,赶忙进了一家烧烤店,要了啤酒。

"把钱分了吧!"阿健说。

共有十三张一万日元的钞票。这时我想起了伊夫·蒙当的电影,历尽艰险获得的回报……当时的我真有那种感觉。我们决定每个人分六万日元,剩下的一万日元今晚狂欢一下。

"这件事你绝对不要对其他人说啊!"我们轻轻地碰了碰大啤酒杯,阿健又嘱咐了一句,"你再怎么想在谁面前炫耀，也要守口如瓶啊！"

"知道了，最近一段时间我不打算出门。"

"那就好。"

我接着又说："以后再也不要约我打那种工了。"

"我也不打算再干了。"

"但话又说回来，真是好啊！"

"是啊。"

我们大口大口地吃着烤鸡肉串，再次沉浸在活着的快乐之中。路上我曾产生过一丝罪恶感，但现在它也随着啤酒的泡沫消失得无影无踪。

过了一会儿，阿健说了一件可怕的事情："但是，如果他们的头脑再好上那么一点点，我们就不会得手。"

"为……为什么？"

"电子显示屏上的赌率在比赛之前一直在跳动，如果我们老老实实地去买了艇票，赌率自然就会下调。"

"对啊，他们一次性下了十几万日元的注呢。"

"所以说，他们一个个都是蠢蛋。正因为他们愚蠢，我们才得救啊。哈哈！"

"是啊，哈哈哈！"

那天晚上我们最终还是没有心情去狂欢，从烧烤店出来后吃了碗拉面就各自回家了。

13

我和母亲一起度过了圣诞节前夜。因为妹妹志保没有回家，鸡肉和蛋糕都剩下很多。吃过饭，母亲早早地回自己卧室了。我一个人一边欣赏卡洛斯·克莱伯的录像一边喝葡萄酒。卡洛斯·克莱伯指挥奥地利维也纳交响乐团，演奏了莫扎特的《林茨》和勃拉姆斯的第二交响曲。只要是这位指挥家和乐团组合，无论演奏哪首曲目都很出色。我很希望让克莱伯指挥乐团演奏莫扎特的第四十交响曲，毕竟只有他能超越拥有五十二年指挥经验的瓦尔特。

看完录像，我上了二楼，在自己的房间里听瓦尔特的唱片。两首曲目分别是他在一九五二年和一九五六年指挥维也纳交响乐团演奏的第四十交响曲和第二十五交响曲，乐曲中所蕴含的音色和浪漫主义至今已荡然无存。我小口啜着父亲喝剩的麦卡伦酒，聆听着莫扎特的曲子。在听第二十五交响曲的最后乐章时我哭了起来。对于莫扎特的孤独，我产生了共鸣。

这时我想起了小时候养的一条狗。那是一只名叫"约翰"的警犬，在来我家之前就已经叫"约翰"了。父亲带它回来的时候，它已经年老体衰。约翰整天只是睡觉，我去喂食时它也是很不耐烦地抬起头，瞥我一眼，就像在说："小子，你想象不到我经历过多少事情吧。"暑假期间，我的工作是给院子里的盆栽浇水，只要一把管子对准花坛，花丛中藏着的小虫子就飞出来。天气晴朗的傍晚，紫丁香上就会出现美丽的彩虹。约翰似乎害怕被水溅上，不肯从窝里出来。我假装弄错地方，故意把管子对准它的窝，然后向它道歉："啊，对不起！""搞什么嘛！"如此这般重复几次，约翰才从窝里出来，走到狗食盆旁不耐烦地甩动身体。

至今我还清楚地记得它临死前的情形。从死前的一个星期开始，约翰就几乎不吃东西了。最后的几天只是喝点儿水，什么东西也不吃。把狗食拿到它跟前的时候，只是稍稍睁一下眼，马上又闭上，好像在说："吃饭就算了吧。"那个晚上我不知为什么有一种不祥的预感，于是三番五次跑到它跟前查看动静。约翰一直闭着眼睛，呼吸平稳，丝毫没有痛苦的样子。瘪瘪的肚皮静静地一起一伏。我试着摸了摸它的头，黑色的皮毛像扫帚一样坚硬干燥，毫无光泽，眼角上还挂着眼屎。夜深之后约翰只微微睁过一次眼，长时间地盯着我。我明白它在做最后的告别。它用无力的眼神向我致谢："小主人，多谢你关照。"第二天早晨，我一起床就跑到它的窝旁，发现约翰依旧保持着和昨晚一样的姿势躺在地上，已经咽气了。红红的舌头从嘴里垂了下来，我用指尖轻轻地把舌头塞进它的嘴里。

将近十一点的时候，母亲在楼下叫我。我答应了一声，站了起来。一瞬间发现自己醉得不轻，于是像因患脑出血而中风的老人一样，抓住楼梯摇摇晃晃地下了楼，看到有个人站在大门口。这么晚了会是谁呢？此时就连走路对我来说也是一件很困难的事，我好像在太空里游泳似的，晕晕乎乎的。我用手划着面前的空气艰难地向大门走去。我的视线非常模糊，看不清对方的样子。临终前的约翰是否也有这种感觉呢？我用手揉了揉眼睛，风岛香澄微笑着站在那里，嘴里在说些什么，是说"圣诞快乐"吗？

早晨我醒了过来，头痛欲裂。我晃了晃脑袋，正想起身，突然感到一阵恶心。我跌跌撞撞地出了卧室，冲进卫生间，二楼有卫生间真是万幸。我把头一伸进便池，就"哇"的一声呕吐起来。卫生间里顿时弥漫着一股红酒、威士忌还有鸡肉混合在一起的怪怪的味道。我蹲坐在卫生间的地上，好久动弹不得。我和往常一样，一遍又一遍地发誓：再也不喝酒了。世界就像达利的画一样前后来回转圈儿。我的心在喊："谁把我带出去！"

下楼后，母亲正在客厅里看报纸。我到厨房漱了口，又洗了把脸。喝了两大杯水后还是觉着渴得厉害，就从冰箱中取出纸盒包装的葡萄柚果汁。

"没事吧？"母亲在客厅问。

"她呢？"

"刚刚让她去买面包了。"

"昨晚是在咱们家睡的吗？"

"嗯，在志保屋里睡的。"

我来到屋外，正准备穿过门前的道路去商店街，这时从对面走来一个细细的人影。因为她背对着太阳，我看不清她的脸。覆盖在柏油路上的薄霜被太阳一晒，升起了一团白雾。那个细细的人影横穿腾起的雾气，向我走过来。由于光线的变换，那个人影突然变成了一个女孩子的轮廓，出现在我面前。她穿着黑色的牛仔裤，上身套着一件黑色的圆翻领毛衣，头发剪得短短的，胸部平坦。难道这里是罗马？

我走急了好像就要吐。我像患了帕金森病的拳王阿里一样摇摇晃晃地向她走去，越来越近，最终碰到了她。我不假思索地抱住了她纤细的身体。风岛香澄拿着袋子的双手举在半空中，就那样被我抱着。但是我觉得无论多么用力，也好像抱不住她似的。

"羊角面包要被压坏了。"香澄嗔怪道，"这还是刚刚出炉的呢。"

什么羊角面包，管它呢！我想，我可是千辛万苦才把你抱在怀里的……这时妹妹志保从大门口探出头来，令人扫兴地尖声叫道：

"好了好了，这么大清早的，搂搂抱抱的被别人看见像什么样子嘛！马上要出门了，没时间陪你们在那儿卿卿我我愁肠百结的。快点回家！饿死了！"

客厅的桌子旁，我、香澄、志保和母亲四人坐在刚刚烤好的羊角面包前。当然只有她们三人吃面包，我早早地离开了餐桌到厨房喝咖啡。好像一闻到奶油的香味，刚刚下去的呕吐感就会蹿上来。

"我回到家发现一个陌生女人躺在自己床上，真是吓了一跳！"妹妹故意大声说道。

"真对不起。"香澄向她道歉。

"算了。"母亲在打圆场，"都怪你总是那么晚才回来。"

"什么时间回来是我的自由！"

母女两人的谈话虽然还是那些内容，但今天的气氛跟平日里有些不同。我总觉得好像是在欣赏《寅次郎的故事》这部电影。在我醉得不省人事的时候，到底发生了什么事情？

"志保昨晚什么时候回来的？"我一边把装着咖啡的大杯子放到桌上一边问。

"凌晨六点左右。"

我看了一眼墙上的钟，已经快八点半了。

"健一，你还记得昨晚的事儿吗？"母亲少有地叫了我的名字，平时都是称我为"你"，简直像叫外人一样。可能是在香澄这个外人面前，我们才相对地成了一家人吧。

我转向香澄问："有事吗？"

"吓人一跳。"母亲自言自语地嘟囔了一句。

"好了，我要出门了。"志保嘴里咬着一个羊角面包站了起来，对香澄说，"您请慢用。"

"未经同意睡在您的床上，真是对不起。"

"没关系，今晚还可以继续使用。"

"你呢？"母亲有点严肃地问。

"不知道啊。"

"什么不知道？"

"高兴的话我就回来。"

我们三人又说了一会儿话，估计时间差不多了，我和香澄上了二楼。开了门，我一眼就看见桌子上有一个用漂亮丝带扎着的纸袋。

"打开看看。"香澄说。

是一副毛线织的手套。

"本来打算早点织完的，可没想到花的时间远比预想的多。"她低着头吞吞吐吐地说，"最后是突击完成的，可能有点粗糙。"

我立刻戴上试了试。

"真合适！"

"因为我想在圣诞节的时候送给你。"

"所以那么晚来？"

"给你母亲和妹妹添了那么多麻烦，真是不好意思。"

我越发不了解香澄了。认认真真用细细的毛线织成的手套，绝对不是一天两天能完成的，说不定是她辛辛苦苦地花了几个星期甚至更长的时间织成的。这些工夫应该算是她对我的爱情的一种表现吧。如果那样，那为什么……我心里涌起了一种蛮不讲理的想法。为什么她连一句温柔的话都不对我说，也不露出一丝笑容给我看呢？这段时间她至少表面上是特别无情和冷淡，拒我于千里之外。我简直觉得自己没有容身之处，一个人品尝着痛苦和绝望。

可是我认为事已至此责怪她也于事无补。我想，她的价值是天书，不像麦当劳里的说明书一样，谁都能明白。

"谢谢你。"

我再次道谢，把她拥入怀中。而后我们在四个半榻榻米的空间里尽情接吻。我边吻边想：莫非她觉得只有通过这副亲手织的手套，才能更好地表达出对我的爱情吗？或许她认为用语言和态度不能直接表达出自己的心情，需要借助手套这一媒介来表现吧？如果是这样，那么手套是用来使我们的关系更加亲密的礼物呢，还是为了用来保持一定距离的呢？

"寒假你打算干什么？"我把身体稍稍离开了一些问她。

"我在想是不是要回家，母亲很唠叨。"

"真是大门不出二门不迈的千金小姐啊。"

"也不是那么回事。"她的口气中露出一丝不快。

"过了新年，我们住到一起吧。"我试着提议。

她没有回答。

"你好好考虑一下吧。"

过了一会儿，香澄开口了："跟你在一起的时候，我就会意识到自己对你的感情，同时也感觉到它在摇摆不定。但是你对我所表示的温柔或爱情，有时让我觉得恐惧。我也不明白为什么会这样，一定是因为我们不适合成为恋人吧。"

不知为什么，我被她的告白伤害了，这也让我预感到我们之间会存在永远无法消除的隔阂。

"对不起。"她长长地叹了口气，"发生的事太多了，心情啊感情什么的……"

我再次抱紧了她。此时我想起了和对手痛苦扭打的拳击手和逃到护栏边的职业摔跤手。我感觉到亲情既是一种辩解，也是一种弥补。

14

　　香澄上午就回去了，我们约定到傍晚再见面。因为她送我手套，我打算请她吃顿饭。幸好打工挣来的钱和从黑社会分子那儿骗来的六万日元还一分未动，活动经费很宽裕。在香澄回家之前，我们出去旅行一趟也没问题。我沉浸在这样的幻想中，对两人的未来所感到的不安和焦躁似乎暂时消失了。还是钱管用。

　　中午，母亲给我做了鸡肉鸡蛋盖浇饭。我们在宽大的饭桌前相对而坐，干巴巴地吃着饭。我明白母亲想问一些有关香澄的事，但是她并没有直截了当地问我。像"健一，你也是个不可小瞧的人物哟！"这类话，母亲是绝对不会说的。从这个意义上讲，她是一个非常传统的人。所以只要我不主动坦白，我的隐私可以半永久地得到保留。

"新年上爷爷家怎么样？那里可是好久没去了。"我们开始谈论新年计划，"那边还有温泉呢。"

"志保怎么想啊？"

"不要管她好不好，我和你两个人回去就行了。"

"那可不行。"

"我还打算在附近住一个晚上玩一天呢。"

"从现在起恐怕没有旅馆会空着啊。"

两个人各怀心事，所以话题迟迟没有进展。说到底，是因为家里人没有一点儿为了迎接新年而要干点什么的积极姿态。尤其是从家里四个人各揣心事开始，大家就越来越不关心过新年了。最后母亲说了句"等志保回来再说吧"，我们就停止了商量。

吃过午饭，我决定小憩一会儿，以便晚上有精神去约会。我一闭上眼就想起了香澄，在和香澄的关系这个问题上我不明白自己到底在期待些什么。但是我很愿意承认这样一个事实——自己已经完全被她俘获了，围着她转个不停。在想象着自己像卫星一样围着她旋转的时候，我进入了梦乡。

阿健来的时候已经是下午四点多了，那时我正准备出门。

"快点收拾一下！"他站在大门口，毫无前奏地急匆匆说道。

"收拾？干什么？"

"去旅行。"

"去钓鱼吗？"

"总之，你要跟我一起走。"

"真不凑巧，我有点事。"

他一下子把我拽出了大门，外面停着一辆天蓝色的德国大众甲壳虫轿车。阿健把我安顿在副驾驶座位上后，长长地叹了口气。

"事情暴露了。"他坐在驾驶座位上，目视前方。

"什么事暴露了？"

"私吞钱的事。"

我一下子浑身冰凉，感觉像是一盆冰水浇在身上。

"是那一次的吗？"

阿健重重地点了点头："现在他们正红着眼到

处找我们呢。"

"不会吧？"

"非常遗憾，这是千真万确的。"

"你掐一下我的脸。"

"不要说这些废话了，还是赶紧跑吧。"

"为什么会这样？……"

"现在不是哭的时候。如果不快点，就真的来不及了。"

"你说逃跑，往哪儿逃？"

"这个上车之后再说吧，你先去取点钱和换洗衣服。"

我麻利地把行李装进简易帆布背包，只带了一套时下穿的衣服和所有录有莫扎特音乐的磁带，往牛仔裤的裤兜里塞了点钱和一张提款卡，最后戴上香澄刚送给我的手套——现在我觉得它就像我的护身符。

"也不说原因，怎么了？"

母亲觉察出突然说要出去旅行的儿子不同寻常的心情，立即心慌意乱起来。

"总之不要为我担心，我会和你联系的。"

"那个人是谁？"母亲小声向我问阿健。

"大学的朋友。"

"看起来怪怪的。"

"是一个钓鱼的同伴。"

"就连你也要走了。"母亲最后也死心了。

"正月里我会回来的。"

要是能回来就好了。

"一定要和家里联系哟。"

"知道了。"

我觉得有点喘不过气来。母亲站在大门口悲切地望着我。对她来说这一切理所应当，因为自己被男人抛弃，女儿整天不归家，现在儿子又被黑社会追杀想要躲起来。

我回到车上，只见阿健正把手放在方向盘上沉思，看起来很像一位决定自杀的忧国忧民的有志之士。

"喂，我有一个请求。"

"什么？"他睁开眼睛问。

"途中麻烦你拐一下弯。"

我告诉香澄，由于远方的舅妈病重，我必须去看望她。

"真是不好意思，我想取消今晚的约会。"

"我也跟你们一起去吧。"她的声音听起来有点迫不得已。

"带你去看我的舅妈？"

没想到这种谎言能够瞒过香澄。我之前只是希望她默默地接受这种谎言，希望她让我去……想着想着，我也完全变成了一位忧国的志士。

"我想带你去，但是不行，那样会把你也牵连进去的。"

"如果你离开我，我将一无所有。"香澄忧郁地说道，语气和在京都时一模一样。

这一次没有闲工夫把她甩开，而且也许我内心也期望她和我一起远走高飞。

"明白了，那先送你回家，你简单收拾一下。"

做出这样的决定后，我的心情一下子轻松起来。得到把她送回家这样冠冕堂皇的理由后，本来无限黑暗的旅途，也好像骤然间有明亮的阳光照了进来。这样也可以堂堂正正地把旅行目的告诉母亲了；如果有必要，可以让母亲与香澄通电话，好让她放心。

"让你久等了。"我用爽朗的声音说道。

"这是哪位？"阿健满脸狐疑地看着香澄。

"这位是风岛香澄小姐。这位是阿健君，是一位画家。"

"初次见面，请多关照。"香澄轻轻欠了欠身。

"坐上来吧。"我放下座位，"就是有点脏。"

"喂喂，你讲究什么呀！"阿健说道。

"有只猫。"香澄听起来有点害怕。

"啊，差点忘了，它叫萨姆·赫尔。你不讨厌猫吧？"

"是的，很喜欢。"

"那太好了。我还想要是你不喜欢的话，就扔在这儿呢。"

"喂，"阿健压低声音对我说，"你究竟打算干什么？"

"不要问那么多了，先开车再说。"我坐到副驾驶座位上，"再磨磨蹭蹭，会被黑社会分子发现的哟。"

"黑社会分子？"香澄不安地问我。

"啊，不是……这是我们的事情。好了，阿健君，去京都吧。"

"什么？"

"我们去乘渡船，经过濑户内海到神户或其他地方再上岸开车，怎么样？"

阿健两眼直冒杀气，双手紧握方向盘，油门几乎踩到了底，车子颠簸得很厉害。阿健和一辆卡车的司机较上了劲，在国道上飞速行驶，不是在疾驰，而是在狂奔。

过了一会儿，香澄问道："萨姆·赫尔，那不是小尺寸的画布吗？"

"你很在行啊。"我替阿健回答。

"为什么给猫起了这么一个名字？"

我暗自嘀咕："取什么名字不是人家的自由嘛。"

"说啊。"

"够复杂的啊！"阿健考虑了一会儿，说，"据说从宠物的名字上可以看出主人的性格，给猫起名叫萨姆·赫尔的主人肯定会让人认为是一个装腔作势、令人讨厌而且脾气古怪的家伙。这和揣摩击球员心理并借机把自己隐藏起来的投手的投球技巧没有任何关系，只不过是随便想到的。"

"你只会这么复杂地说话吗？"

"因为我是一个自制力非常强的人嘛！以上是被告人的最后申辩。"

途中我们吃了晚饭，搭乘九点左右起航的渡船，预计明早七点到达目的地。因为事先没有预定，没有搞到床铺，只好租了毛毯，在地毯上挤在一起睡。船舱里的暖气特别热，让人喘不过气来。幸好客舱里禁止吸烟，这好歹帮了我们一个大忙。阿健裹了一条毛毯，早早地睡了。萨姆·赫尔在一个易于搬移的笼子里安静地待着。

我和香澄决定到甲板上去。仍然有很多人在休息室里喝酒吃饭，我在出口附近的小店里买了巧克力。甲板上风很大，一个人也没有，海风冰冷刺骨。我们倚着栏杆眺望着黑暗的海面。虽然已经很晚了，但依然有很多船只来来往往。对岸街道上的灯光，清晰可见。旁边的小岛上，村落的灯光密密麻麻，闪烁不定。我想，在那一盏盏灯下，有无数人在过着平静的生活吧。我也想和香澄一起，成为其中的一盏灯光。这种心情不知不觉变得强烈起来，最终凝固成一个明确的"愿望"。

"我们一起许愿吧！"她仿佛读懂了我的心思。

寒冬料峭的夜空中，群星闪耀。我想起了夏天和阿健一起看星空的情景。此时的夜空虽然寒冷，与那时相比却更加清澈，地上洒满了微弱的星光。对着这样的星空许愿，似乎什么愿望都能实现。我双手合十，闭上眼睛。

"好了，两个人都许过愿了，没事了。你许了什么愿？"

"保密，说出来就不灵了。"

"啊，那我许的愿就不灵了。"

我有点郁闷，就从夹克口袋里取出巧克力。

"吃吗？"

她默默地摇了摇头。天气太冷，巧克力冻得硬邦邦的。我掰下一块含在嘴里，没有咬碎。巧克力在舌头上慢慢变软。过了一会儿，香澄说："还是吃吧。"

我不知道她为什么改变了主意。我把已经开始融化的巧克力用舌尖抵着送过去，她好像认为这样做也很正常，就灵巧地用舌头接过巧克力。她是如此大胆，反而让我有点惊慌失措。

我有点不自在地摸着肩膀，说："外面好冷啊！"

"那就回去吧。"她说道，嘴唇边上沾着巧克力。真够可爱的啊！

到了十一点，客舱里的灯灭了。我轻轻地抱住睡在旁边的香澄。"不行。"她小声说。

我吻上了她的唇，她的嘴里还残留着巧克力的味道。

15

我们又行驶了一段，在发现的第一家路边餐馆停了下来。这是一家墙上贴着手抄菜单的小店，没有女服务员，只有胖胖的老爷子一个人在打理。我们选了靠窗的位置坐下来点了早餐。一对当地高中生模样的恋人坐在角落里调情。不久，饭菜端上来了，是生蔬菜和炒蛋、烤面包片夹红肠。我们默默地吃饭。吃完后，阿健要去喂待在车里的萨姆·赫尔，先走一步。我和香澄悠闲地喝着咖啡。高中生模样的那一对依然在专心致志地亲热。我觉得有些尴尬，只好盯着墙上贴着的菜单。

电话响了，店里的老头儿叫我的名字，我很奇怪地拿起话筒，原来是阿健。

"我们被包围了！"阿健压低了嗓门说。

"被谁？"

"当然是黑社会分子了，好好听我下面的话。店里有个厕所，从它旁边的那道门可以到外面的空地。你带着你那位，在那里伺机而动，三分钟后我去接你们。可以吧？我把副驾驶那边的车门打开，车到你们跟前的时候，你们就跑上来。"

"等等，你现在在哪里打的电话？"

"用的是附近的公用电话，从这里我可以清楚地看见他们的行踪。已经没时间了，还有两分三十秒。祝你们好运！"

"哎，等等……喂喂！"

我急忙付了账，向老板询问厕所的位置，带着香澄往里走。的确像阿健所说的那样，在阴暗的厕所旁边有一个小门，门没有上锁。从门缝可以看见杂草丛生的空地。不久，阿健的甲壳虫轿车缓缓地向这边靠了过来，副驾驶座位那边的车门半开着。我抓住香澄的手准备一跃而上。这时，两辆皇冠汽车从两侧入口悄悄地驶进空地，从副驾驶座位和后座伸出的枪口正瞄着天蓝色的甲壳虫轿车，然而阿健对此一无所知，他正准备着接我们。两辆皇冠汽车呈夹击之势，慢慢向他逼近。

我打开车门大叫一声"危险"。就在那一刹那，我猛然从睡梦中醒来。这是什么地方？

我起身环顾四周。阿健裹着毛毯香甜地打着鼾，其他乘客也几乎都在睡觉，只是本应睡在身边的香澄不见了。我把用过的毛毯叠得整整齐齐。耳边传来渡船低沉的汽笛声。

我忐忑不安地来到甲板上，清晨的空气非常湿润，像绸缎一样覆在身上。天已经亮了，只是雾气蒙蒙，完全挡住了视线。雾很大，不要说周围的景色，就连数米之下的水面也看不清。渡船不时地鸣笛，缓慢行进，其他轮船也在鸣笛。四周雾气茫茫，近处渔船桅杆上的灯发出橘黄色的模糊光芒。甲板上空无一人。

我往后面的甲板走去，突然想香澄是不是在这茫茫雾气中消失了。越往后走，这种不安就越强烈，但这毕竟只是由于浓雾困扰而瞬间产生的胡思乱想罢了。香澄正坐在背风的一张塑料椅子上。

"你突然不见了，我很担心。"我的语气不知不觉变得很强硬。

"对不起。"香澄很老实地向我道歉，"你还在睡着，我觉得弄醒你挺不好意思的。"

的确如此，早早醒来的她，为了呼吸清晨新鲜的空气而来到甲板，无可厚非。

"雾真大啊！"我试图转换话题。

这时我的心里掠过一丝忧虑：只要我们的关系持续下去，每当我看不见她的时候，我就会像刚才那样心神不宁吗？而且她会慢慢地成为我的负担吗？绝对不会那样，我打消了自己的顾虑。即便是香澄，结婚两三年之后，也一定会变成一个胖乎乎的普通家庭主妇。当我下班回来的时候，她肯定会问我："亲爱的，你是先洗澡还是先吃饭？"我很羡慕《郊外的一户家庭的梦想》中那个在庭院里种花养狗的家伙。但是我早就知道，越是平凡而朴实无华的梦想，越难实现。

雾气慢慢散去，阳光重新回到了海面上，近处的风景也逐一显现，就像用傻瓜相机拍出的胶卷正在相纸上冲洗一样。无数只海鸟乘风破浪飞翔在渡船周围，也有些鸟浮在海面上让自己的翅膀休息。鸟儿有时发出像孩子哭声一样的叫声，在天空盘旋。

"我们能像它们那样飞翔就好了！"香澄看着上下翻飞的海鸟说道。

一时间，我眼前浮现出香澄变成鸟儿飞翔的情景。就像被这幻觉吓着一样，我突然话多了起来。

"说到鸟儿吃鱼获得能量是为了干什么这个问题，我认为它们是为了吃鱼。也就是说，鸟儿为了不断吃鱼，就要消耗通过吃鱼获得的能量。这就是生命的恶性循环啊！"

在港口附近吃了早饭后，我们又出发了。我把莫扎特的钢琴奏鸣曲磁带放进盒式录音机里播放，最开始是 C 大调第十五奏鸣曲。我还记得妹妹在上初中的时候曾经练过这首曲子的第一乐章。下面该进入小奏鸣曲了。父亲的婚外情初露端倪时，母亲为了让他回心转意，做了不懈的努力。但是父亲在母亲唠叨了我和志保的前途后，也只是感觉很不耐烦。母亲从那时候开始经常在半夜躲进厨房借酒消愁。

"方向不对。"我提醒他，"喂，你走错路了！"

"一味地追求人生什么都合情合理是不可能的。"

"往这边走的话，她是没法到家的。"我一边在地图上确认路线一边说，"在前面调头回去吧。"

"不要忘了摩西十诫哟。"

"说什么呢！"

"想想'地球是圆的'这句话吧！"

"不要说些故弄玄虚的话了。"

"也就是说，"阿健还是不理睬我，"在球体上运动，远离某一点，也就意味着不断地向这个点靠近。"

阿健似乎没有调头开回去的打算。

"我们不是说好了要把香澄送回家的嘛！"

"你真是个认真古板的人哪！"

"总之你调头回去吧！"

"这是我的车，我想怎么开就怎么开。"

我感到生命有危险。

"那你停车吧！"我镇定地说，"香澄，咱们下车。"

"我还不想回家。"

我感到好似有一把刀狠狠地插在背上，扭过头去一看，香澄正抱着小猫，眺望着窗外飞逝而过的风景。虽然她没有朝我这边看，但似乎已经下了决心。

"好了。"阿健出来打圆场，"又不是赶路，让我们一起悠闲地享受旅行吧！"

我觉得理性世界猛然离我远去。野蛮要代替文明，混沌要取代秩序，是什么隐藏在混沌之中呢？是爱？怎么可能！

我闭上眼睛假寐，耳边传来阿健对猫倾诉的故作高深的话语："只有感到孤独的时候，人才需要一个人静一静！人生啊，充满了残酷的讽刺！是吧，萨姆·赫尔？"

16

虽然早晨寒气逼人，但太阳升起之后就慢慢暖和起来了。碧空万里，十二月的太阳照耀着大地。我默默地计算着行程，昨天的一切仿佛都已远去。到昨天中午为止，一切都很美妙。香澄的温柔体贴曾让我的世界充满希望。我生活在天堂里。而如今天堂已经一去不复返，我们在沙漠一样的地狱中痛苦煎熬。

这里依然是天堂吗？九霄之外有天堂，平地之上是人间，而我们并不是生活在这种界限分明的世界里。人不断朝着光明前进。当"摩擦系数"降到最小值甚至接近零点时，天堂才成为天堂吧。我们无限制地追求欲望和自由，最终随着一次轻轻的点击，就会出现一个拥有无限财富的人。这从伦理上无论如何也评判不了，因为天堂就是这样。但是在极微小的"摩擦系数"之下，人类寸步难行。因此为了不从天堂滑落下来，我们有意识地制造各种纷争。无论是父亲的外遇还是母亲的病情，可能都是像天堂一样的人生中微不足道的摩擦吧，而且这次的出逃之行也是如此……

香澄坐在后座上抱着萨姆·赫尔，呆呆地望着飞逝的景色。她在想什么？看到她空洞的眼神，我的心情万分沮丧。那种心情，就像蛋糕店店员看到圣诞节蛋糕没有全部卖完一样。我想或许她就是我生命里的"摩擦系数"吧。

车子开得很快。

"速度太快了。"我提醒阿健。

"猫的家族有时候会考虑它们的生存问题的。"

"喂，我说让你速度慢一点儿！"

但是他依然目视前方，我行我素。过了一会儿他说：

"根据狭义相对论，我们的直观全都基于比光速慢很多的日常运动，以那样的速度，是无法看清空间和时间的本质的。"

到了平坦而又较长的斜坡前，阿健松开油门，依靠惯性行驶，同时开大了盒式录音机的音量。磁带刚好进行到莫扎特的第二十一钢琴协奏曲，第二乐章动听的行板在四周荡漾。车子开始缓慢地下坡。巴伦博伊姆的钢琴曲节奏铿锵有力，小提琴的伴奏仿佛与此呼应，也响了起来，乐曲由柏林交响乐团演奏。我闭上眼睛，任随惯性而动。过了一会儿，车子再次爬坡。优美的钢琴旋律静静地在车内流淌，好像会把我们一直带入天堂。

到了傍晚时分，我们才好不容易看见一个湖泊。道路两旁是松林，松林的对面是防护堤，前面便是一望无际的平静的湖泊。打开车窗，松脂的香味扑鼻而来。阿健把车子缓缓停在路旁。

"怎么了？"

"小便一下。"

我们把香澄一个人留在车里，走进草丛之中，发现松林的对面有一座防雨门紧闭的房子。

"今晚就在这里宿营吧。"阿健小便完之后走过来对我说。

"带帐篷了吗？"

"我这人一向很细心的。"

"莫非还带了渔具？"

"当然了。"

真令人高兴。

"你说黑社会分子在找我们，是真的吗？"

"不信你可以当面去问问他们啊。"

到附近的店里买了食物，我们把车驶入松林里，然后选了一个合适的地方搭起帐篷。阿健带来的是一顶小小的圆顶帐篷，所以花了十分钟左右就搭好了。阿健取出钓鱼竿开始钓鱼，我和香澄在湖边散步。她抱着萨姆·赫尔。湖水呈深蓝色。

"不知道萨姆·赫尔对自己的名字有什么想法。"

"什么想法也没有吧，毕竟只是一只猫嘛。或许它会觉得名字要是短一点儿就好了。这么说巴勃罗·毕加索这个名字恐怕有点长吧，听起来就像相声《寿限无》①中的名字……它可能只知道萨姆吧，因为它只是一只傻傻的动物而已。"

萨姆·赫尔听到我们议论它的名字，"喵喵"叫了两声。

"你看。"

她没有回答，只是说："听到别人叫自己的名字，你觉得别扭吗？"

"香澄？"

她小声笑着转过身去。笑声未落的时候我说："过了新年，我们就去找合适的公寓住在一起，好吗？"

她稍稍犹豫了一下，反问道，"为什么你想和我在一起？"

"因为我想永远陪在你身边。"

她默默地走了几步。那里已经接近水面，水波袭来时鞋尖都快要弄湿了。但香澄毫不在意，只是

——————
①《寿限无》：日本单口相声作品名，用于练嘴说绕口令的滑稽戏。

静静地盯着一层层的水波。萨姆·赫尔再次不安地叫了一声"喵"，香澄摸了一下它的头，让它安静下来。

"该回去了，小猫着凉了可不得了。"

我拾起脚边的碎木片，用力扔进湖中。木片像飞镖一样"嗖嗖"地飞旋。从湖面上吹来的风很冷。

"我心中总是有两个'我'在不停地斗争。"她边走边说，"现在是这样想，过会儿又是另一种心情，有时候它们完全相反……好像同时拥有几个'我'。"

她突然停下对我说："难啊！"话语中带有一丝焦虑。

晚饭几乎是阿健一个人做的。他把切碎的大蒜、洋葱、乌贼、虾等混在一起，放进大号的组装式炊具中翻炒，加水之后再添加清汤、肉汤、盐、胡椒等调味料。然后把在盒饭店买的饭团加进去，等它变软后又撒上一些粉状奶酪，盖上锅盖蒸十分钟左右。最后撒点儿荷兰芹，再挤进几滴柠檬汁就大功告成了。这是一锅大杂烩，就连非常喜欢乳酪的萨姆·赫尔也不顾热气香甜地吃着盛在浅盘子里的杂烩。

"小猫们循规蹈矩，忠实地沿着父母或祖父母所走的道路前进，这不正是它们看起来幸福的原因吗？"晚餐结束后，阿健边喝葡萄酒边说，"不知道是不是遗传因素在起作用，我想恐怕喜欢吃鱼的萨姆·赫尔的孩子们也不会认为杀生是不可饶恕的，一下子变成素食主义者。人类在远古时期应该也是如此。孩子们如果循规蹈矩忠实地走父母走过的路就好了。父母也是按照自己的方式在培养下一代。但是如今每一代人的人生都截然不同。比如我爷爷，和他偶尔谈一次话，为了找到共同语言需要大伤脑筋，就像面对着一个另一个世界的人。为什么会变成这样？说到人类的本性，也就是这么回事啊。"

"怎么回事？"

"也就是说，养猫的好处之一就是让主人变得虚心起来。每当萨姆·赫尔用爪子挠榻榻米的时候，我就想自己对它一点儿也不了解。"

"的确如此，他人就是为了否定自己而存在的。"

"不对，我们不是在讲猫嘛！"

"喵——喵——"

"猫也做梦吧？"香澄突然说道。

"有时还说梦话呢！"

我装作很吃惊的样子："真的？用何种语言说的？猫语到底是怎样的一种语言呢？是像各国通用的世界语呢，还是分为日式猫语和法式猫语之类的呢？你认为也有精通多国语言的猫吗？"

"你考虑事情光从自己的立场出发。"

"可是那不能按照小猫的标准来考虑啊。"

"好冷！"阿健鼻孔鼓鼓的，可能红酒喝多了，"萨姆·赫尔也曾有过女朋友哟！"他继续说道："它们的缘分是前世注定的，但是它好像没有把萨姆·赫尔当作可以交往的男朋友，真是一出悲剧！"

"你中意的女人是怎样的？"我问他。

"我们这些人啊，已经不指望命运了。"他看起来很超脱，"命运已经从应该前往之处变成了应当进行解读、数字化和可操作的东西。如今按照辩证法生存的只有猫族这一类的了。"

我往香澄的杯中添够了葡萄酒。

"说到能够付出的爱情，我有很多呢！"阿健闭着眼睛说，"只是没有人要。我经常对萨姆·赫尔说，只有孤独才是最安稳的。"

终于，两瓶葡萄酒喝光了。阿健仿佛灵魂脱窍似的，醺然已醉。香澄呆呆地望着噼里啪啦燃烧的火堆。我建议一起去散步。

"我想睡觉前先醒醒酒。"

"你知道吗？据说猫咕噜咕噜地振动喉咙是表示无法理解别人时的焦躁。"

"你不去散步？"

阿健醉眼蒙眬地看着我说："你们俩去吧！我还有很多话要对小猫说呢！"

"那好，晚安。"

我们刚要起身，就被阿健叫住。

"你们俩用帐篷就行了，我睡车上。"

“那多谢了。”

“善良，究竟是什么？”他不自然地望着黑暗
的夜空，“即使在浴池里发现一只蜉蝣，也想着它
还有一天的寿命，把它轻轻地放了，也许这就是善
良的本质吧。”

脚下杂草丛生，四周一片漆黑。手电筒所照范
围之外什么都看不见。我们保持合适的距离，手拉
手默默地向前走着。

“阿健和小猫究竟有什么话要说啊？”

香澄什么也没有说，只是在黑暗中小声笑着。
水波中好像有什么东西在跳动，我们停下来用手电
筒一照，发现一个黑影向湖中心游去。

“是鱼吗？”

“似乎是小鱼群。”

我们继续往前走。

“家里人不会担心你吧？”我突然有点担忧，“或
许现在正请求警察局发寻人启事什么的……”

“不要紧。我母亲只担心眼前发生的事。”

"是吗？"

"母亲特别爱操心。"她讲起了往事，"孩提时代如果我脚上稍微破了点皮，母亲就担心得不得了。我怕要叫救护车来，所以总是忐忑不安。上小学的时候，有一次我做饭被菜刀切伤了手指，其实根本不是什么大不了的伤，只是出了一点点血，但母亲和往常一样惊慌失措。于是，很奇怪的事情发生了——当我看见母亲给我缠绷带的时候，总觉得疼的不是我而是母亲。母亲给我包扎的时候，我一点儿也感觉不到疼痛。"

"一点儿也不感到疼吗？"

"嗯，一点儿也不。"

为了公平起见，我是不是也要讲一些自己母亲的事情呢？深夜，母亲坐在厨房的餐桌旁，盯着手中的一堆药片。医生开的安眠药和镇静剂是一个星期的量，但是每天服用的药太多，几乎要从她的掌心中掉下来。我明白她也不想这样。她是在向自己倾诉死一般的痛苦，她想承受这种痛苦，但是无论如何也承受不了，因此只能无数次地在夜深人静时盯着那一堆药片。

"不冷吗？"

"没事儿。"

可能是因为我在日常生活中过多地使用了录像机功能，最后我还是决定跳过母亲的事情。

过了一会儿，一个像华表一样的东西映入我们的眼帘。走近一看，原来是一个足有电线杆那么粗的秋千。这里一到夏天肯定是个浴场，秋千从沙滩荡向湖面。

"坐上来。"

我催促香澄，让她坐在座位正中，而我就像从后面抱着她一样，双手抓住绳子，然后开始晃动秋千。起初并不顺手，我的力气传不到绳子，座位只在地面附近摇晃。我弯下腰继续晃动秋千。掌握了要领后，荡的幅度一点点地加大了。吊着秋千的金属链子在头顶上发出"咯吱咯吱"的响声。

一弯新月高挂在湖边黑暗的松林上方。秋千座静静地掠过沙滩表面，再次向黑暗的夜空远去。那种脱离尘世的感觉妙不可言，仿佛远离某处，又好像在靠近什么。不知何时链子的响声消失了，取而代之的是波浪拍打岸边的声音。周围寂静无声，侧耳倾听，仿佛都能听到地球自转的声音。我把手放在紧抓绳子的香澄的手上，她的手非常小巧，甚至可以被我的手掌完全包住。

"就像做梦一样。"她说。

"是啊。"

不过我提醒自己这不是在做梦，这是现实。现在这个瞬间，我们身在此处，仅在此处。当然不能什么时候都停留在这里，因为我们各有归宿。我希望我们俩同归一处。或许香澄另有想法。但是不管怎样，此时此地我们在一起，远离其他所有的一切，只有我们俩……

"那是什么？"

我顺着她的目光看去，沙滩的对岸有一小簇红红的火光。不知不觉秋千停止了晃动。

"好像是篝火。可能有人在那里野营吧。"

"你听见鼓声了吗？"

"被你那么一说，好像有一点儿。"

"我们去看看吧。"

我们越走越近，鼓声也愈加清晰。声音非常低沉，仿佛是地下的岩浆咕咚作响。我们原先看到的篝火，原来是装在铁笼里燃烧的火把。

两个男的在围着篝火跳神乐舞。其中一人戴着魔鬼面具，另一人则戴着驱鬼的面具。虽然是在跳舞，但连个像样的舞台都没有，只是男人们在沙滩上佩戴着弓或剑舞动。有三个人在打鼓，他们专心致志地敲打着像洗脸盆翻过来一样的大鼓，旋律单调。五个人一言不发，剧烈的扭动和震耳欲聋的鼓声就是他们想要表现的一切。

我们不知道他们是什么人、因为什么在此跳神乐舞。此时应该已近深夜。我们就像看到某种异样的事物，感觉非常不可思议。我们无法离去，也不能冷静欣赏。合着强有力的原始旋律，男人们持续狂乱地舞动。与其说是神乐，不如称之为新潮舞蹈。

突然鼓声停了下来，跳舞的人也停止了舞动。那是一种很突然的结束方式。两个男的取下面具，敲鼓的人也放下鼓槌，而后五个人围坐在篝火旁。

其中一人拿出陶质酒壶，另一人端起红碗盛了酒，喝了一口之后，又传给旁边的人。就这样传了一圈，最后拿到碗的人站了起来，把碗端给我们。我毫不犹豫地拿过碗，一饮而尽，然后把它还给那人。

这一切都是在沉默之中迅速发生的。不可思议的是，我似乎不知不觉间领会了这种带有原始仪式色彩的程序。接过碗的男子从脖子上取下一个钩形玉坠儿模样的东西递给香澄，她没敢接受，于是他又递给我。一块小小的新月形石头上穿着一根丝线。我把它给香澄戴上。

仪式结束后，男人们迅速熄灭篝火，拿着大鼓和面具向湖面方向走去。一艘小船停靠在沙滩上。他们把东西搬到船上，推动船头入水，最后一个拉一个地坐进船中，借助桨撑沙滩的力量向湖中划去。操橹声声，小船变成暗影消失在远处。

我们长时间站着，感觉就像经历了几千年，好像我们在遥远的过去就曾在这湖边伫立过。香澄轻轻抚摸着胸前挂着的新月形石头坠儿。

因为睡袋只有一个，我们拉开一半，把睡袋当作毛毯使用。幸好它里面填充了羽毛，我们抱在一起，身体很快暖和了起来。我希望和她谈谈今晚不可思议的经历，我想通过交谈，把我们见到的事情变成确切的记忆永久地保存下来。但是，若是将其说出来，体验的新鲜感就会消失，而且无法捉摸的经历在言语所能描绘的范围内将会越发变得毫无意义。

结果，我什么也没有说，只是想着跳神乐舞的人们。他们的世界和我们所处的世界之间，有着一条肉眼无法看到的断层，简直就像一瞬间时间被扭曲了一样，他们从太古时代来到了现在。他们仍然受到束缚吗？是误入另外一个世界了吗？他们存在于人类尚未直立起来变成人的那个世界，存在于人、神以及动物之间的界限不像现在如此清晰的世界。

我们仍处于奇妙的亢奋之中。

"给我一块巧克力。"

我依照她的要求，从背包中取出买食物和葡萄酒时一起买的巧克力。剥掉锡纸，我掰下一块已经变硬的巧克力，而后熄了灯。一本正经的举止，简直就要让人笑出声来。嘴里含着的巧克力在舌尖上开始慢慢地融化。我们静静地靠近，吻在一起，互相把舌头伸进对方的嘴里，低沉的大鼓旋律在身体里渐渐地苏醒。我的脑海中浮现出围着篝火舞动的人们的身影。香澄长长地出了口气。

耳畔若隐若现地传来神灵的跃动，我们激烈地把舌头缠在一起。巧克力已然融化。我解开香澄的衣服，用舌头舔她那若隐若现的乳房，脸颊碰到从男人们那里得到的钩形石头坠儿。我含着它送到香澄的嘴里。她微微地喘着气含住，接着把唾液包裹着的温暖的小石头用舌头送到我的嘴里。在如此这般重复的过程中，我感到这已经不仅仅是一块小石头，而是我们的肉体甚至是生命的化身。

或许那是一种变相的性爱，同时也是肉体感觉不到疼痛的性爱。它不与将来有任何关联，是免除了生孩子、当父母的责任，只让我们反复品尝现在的甜蜜的性爱。在口中来回传送的小石头，就是从我们的唾液诞生的婴儿。借助硬硬的石头婴儿，我们进出对方的身体，但我们已经不是现实生活中的男人和女人，而是一种哲学上的物体，是男女性器官的过去或将来的抽象的物体，是很难用"我"呀"她"呀来进行修饰的……我们交缠着舌头，吞咽着彼此的唾液，这让我感到我们像是在互相吮吸生命之根。

不知何时低沉的鼓声已停歇，篝火渐渐远去，戴着神鬼面具的男子们很快在我的脑海中销声匿迹。黑暗中，我们只是在进行形式上的拥抱。香澄呼吸急促。我抚摸着挂在她脖子上的小石头，像玻璃一样的冰凉感觉告诉我，那只是一块普通的石头。魔幻般的时间已经过去，先前的狂乱化为汗液和唾液的味道残留在我们之间。

那一夜，我模模糊糊地感觉到香澄在耳边抽噎，实际上那是冲刷岸边的静静的水波声。从湖的尽头袭来的阵阵波浪，反复冲刷着梦的岸边。我在波浪声中醒来，好几次去拥抱睡在身边的香澄。但每次她总是在远处静静地躺着，我努力把手伸过去，却无法抱住她。我想起了那流向幽深的湖底的水流。

17

第二天早晨，我被阿健叫醒，四周依然一片漆黑。

"起来了吗？"他在帐篷外小声叫道。

"什么事？"

"太阳快出来了，不去看一看？"

香澄动了一下也醒了。

"他是说一块儿去看日出？"

湖畔的树林渐渐从黑暗中露出青翠，侧耳能够听到小水波的微音。叫不出名字的鸟儿偶尔尖声鸣叫，打破了黎明的寂静。夜里气温很低，每走一步，脚下便传来霜冻破碎的声音。我犹豫着要不要把昨夜碰到的事情告诉阿健。当然说出来也没关系，但我苦于怎样告诉他。香澄也没有提起昨晚的事。我们两人都缄口不言，这竟然使我有一种处于奇妙的真实梦境的感觉。

　　我们来到岸边。四周还很暗，即使凝神望去，也很难分辨出森林与湖面的界限，勉强能够看到近处的湖岸。天慢慢亮了起来。过了一小会儿，就能清晰地看到脚下的沙滩。波浪接连不断地冲到岸边，好像在和沙滩窃窃私语。对岸的白色小屋也逐渐能看清了，朝阳把小屋背后的树林薄薄地染上一层金黄色。低空中飘荡的云层慢慢地从灰色变成粉红色。香澄、阿健站在我的身边。太阳马上就要升起。他们屏息静气，等待日出。瞬间一切都安静了下来……太阳渐渐从森林的黑色轮廓的边缘露出夺目的光芒。

　　我们一言不发，继续欣赏新的一天开始的仪式。昨夜的那些人好像也像日出日落一样，都是大自然的一部分。这么一想，原来不可思议的体验都发生在属于它的位置。抬头看去，香澄和阿健迎着刚刚升起的太阳，脸上闪耀着金色的光芒。此时我沉浸在一种奇特的感觉之中，好像有一股巨大的力量使他们脱离了人群，让他们此时此地出现，沐浴着崭新的阳光。他们呈现出一种梦幻般的、尘世中的人所不具备的美丽。

太阳已经完全升起，我们在湖边轮流洗了脸。水冰冷刺骨。靠近岸边的湖岔上，有两只天鹅在飞翔。入水后，它们仔细地用喙梳理着自己的羽毛。当我们走近的时候，它们划着水离开岸边，而后两只天鹅依偎在一起。阳光反射到湖面上，鸟儿的羽毛发出炫目的白光。

我们回到营地准备早餐。早饭是方便面。阿健费了一番心思，把昨天买来后冷冻起来的生牡蛎蒸了一下，又撒了一些海苔和嫩菜叶，做成了具有湖滨风情的特制拉面。

我和阿健一边喝着袋泡红茶，一边商量送香澄回家的事。

"我想今天就送她回家。"我说。

"愉快的旅行这么快就结束？"他露出遗憾的神情。

"让她家里人担心就不好了。"

上午我们去钓鱼。我教香澄怎么甩鱼钩。天气很冷，怎么也集中不起精神来。不知何时，沙滩上聚集了很多钓鱼的人。他们身穿红色或黄色的马甲，脚上穿着长至膝盖的雨靴。从打扮来看，他们应该是从远方来钓鱼的。可是与"全副武装"形成鲜明对比的是，他们好像还没有钓到鱼。

后来发生了一起小事故。我和香澄钓完鱼回去的时候，发现阿健正和一条褐色的大狗在搏斗。狗凶猛地叫着向阿健扑去，他一只手拿着平底锅应战。

"不得了了。"

我跑进乱哄哄的圈子，用鱼竿的尖儿使劲打狗。本来大狗即使被揍几下也不会怎么疼，可能被突然出现的援军吓了一跳，它凄厉地叫了几声就沿着沙滩一溜烟地跑了，跑到离我们十米左右远的地方停下，不服气地冲我们狂吠不止。阿健挥舞着平底锅追了过去，大狗再次逃走，停下后又不吸取教训似的叫个不停。阿健也是不肯吸取教训，又追了上去。如此反复多次，大狗终于逃得无影无踪。

不久，阿健上气不接下气地回来了。

"他妈的，不知好歹的畜生！"他兴奋地说道，

"你不觉得这样的狗需要心理咨询吗？"

我当即对阿健刮目相看。毕竟，给咬伤自己的狗进行心理咨询这样的念头，不是常人所能想得到的。现实中有很多家伙用气枪伤害无辜之狗。

"流血了。"香澄盯着阿健的胳膊惊叫起来。

"狗真是长腿的杀人武器啊。"阿健看着自己的胳膊，非常气愤，"一发现不能和我达成和平协议，就在我的肉体上留下深深的牙印！"

"必须包扎一下。"

"不用了，你还不如帮我找找萨姆·赫尔呢！"他对我说，"它怕狗，逃到松林里去了。"

我很快找到了萨姆·赫尔，可是无论怎么叫，它都不肯从慌乱中爬上的松枝上下来。也许它自己下不来。我无可奈何，只好去叫阿健。他正在帐篷里。

"好像屁股也被狗咬伤了，现在正在包扎。"香澄同情地说。

不一会儿阿健出来了，手腕上临时扎了一条印花大手帕。

"听说你的屁股也被咬伤了？"

"嗯。"

"不要紧吧？"

"猫呢？"

"爬到树上不肯下来。"

我们来到松林中，阿健叫它的名字，萨姆·赫尔在树上可怜巴巴地叫着，好似《爱丽丝梦游仙境》中的柴郡猫①。

"怎么办？"

"我爬上去把它带下来。"

"那你的屁股……"

"不要一口一个'屁股'的！"

阿健爬上松树，抱起蜷曲在树枝上的小猫，只用一只手就下了树。

"不管怎么说，没事就好！"我对在阿健怀里瑟瑟

---

① 柴郡猫：经常露齿嬉笑的猫。柴郡是英格兰西部的郡。受《爱丽丝梦游仙境》的影响，现代西方人把露齿傻笑的人称为柴郡猫。

发抖的萨姆·赫尔说。

　　我们把帐篷收拾好重新出发时，已经快中午了。天气开始变坏，不知什么时候天空已经被一层薄薄的乌云覆盖。途中我们在路边餐馆吃了午饭。我建议阿健找个医生包扎一下伤口，但他充耳不闻。

　　"你应该去打针，预防得狂犬病、破伤风、疟疾或者白喉。"

　　"好了，闭上嘴吃饭！"

　　喝完咖啡走出餐馆时，天上飘起了蒙蒙细雨。三个人都变得沉默寡言起来。萨姆·赫尔好像还未从惊吓中回过神来，香澄喂它最喜欢吃的奶酪也无济于事。阿健似乎忍受着伤痛。我感觉已经坐了好几天车了，窗外交替出现相似的景色，让我有种一直在同一个地方转圈的错觉。

　　"找个地方睡一晚吧。"阿健提议。

　　"屁股还疼吗？"

　　"全身都疼。"

　　"所以我就说嘛，你要好好包扎一下。"

"睡一个晚上就好了。"

总之先找住处。但是我们看到的尽是些怪兮兮的汽车旅馆，找不到一家正儿八经的旅店。

"全是这样的旅馆。"我说，"平时想找还找不到呢。"

"这家如何？"阿健盯着路旁贴出的广告说。

那是一家坐落在小山坡上的、让人感觉不很舒服的国民宿舍模样的旅馆。建筑比较新是唯一的可取之处，离广告上写的"充满时尚风情"差十万八千里。加之正逢年关，住宿的客人非常多，服务台的店员说只有三人间有空房。

"怎么办？"

"我无所谓。"

"我也是。"

"那只好这样了。"

我在住宿登记卡上登了记。三人都填了假的名字，姓写得一样，年龄上让人感觉是哥哥、弟弟和妹妹，可以称作是一夜临时家庭吧。服务台的店员瞥了一眼明显是虚构的登记卡，满脸狐疑地瞧了瞧我们，就把房间钥匙给了我们。我们登记的是三楼一个日式房间，里面不错，榻榻米是新铺的，窗边是一套接待客人的沙发和茶几，电视免费，浴室看起来还很干净。拉开花边窗帘一看，宽敞的停车场对面是一处很像游乐场的设施。

趁着香澄洗澡的当儿，我用从服务台借来的应急治疗工具对阿健的伤口进行了处理。他不情愿地脱掉裤子，我让他趴着，扒下他的短裤一看，屁股上红肿的部位有几个清晰的狗牙齿印。

"怎么样？"他不安地问我。

"太惨了！"

"有那么惨吗？"

"你自己看不见伤口，真是万幸！"

我用脱脂棉蘸了消毒水擦他的伤口。

"疼，疼死了……轻一点儿！"

"伤口不消毒的话会化脓的。"

"为什么我会倒这么大的霉啊。"阿健气愤地说道，"我最憎恨暴力了，可……"

我们在一楼的餐厅吃了晚饭。餐厅里有很多夫妇带着小孩，显得格外热闹。阿健一声不吭地把上来的东西吃个精光，还嫌自己的那份不够，连香澄的剩饭也一扫而空，好像要通过吃东西早日治好自己的伤似的。吃完饭，我们回到屋里。阿健盖上被子倒头就睡。

我和香澄在即将打烊的休息室里喝咖啡。休息室和过厅、小卖部同在一楼，除了我们之外，只有四五个男的在喝酒。他们身穿睡衣，披着棉和服，看起来像某个公司的职员，谈论着诸如日经指数如何、所买股票跌了多少之类的话题。

"明天一定要把你送回家。"我说。

"怎么感觉像是送上家门的包裹。"

"不是那么回事。"

我有点担心，是否会重复京都时的事情呢？我不明白她为什么会因为短暂的离别而烦恼。或许她无法区分短暂的分别和永远的分离，因此每当分别的时候，她总是认为将失去一切，每次都要从头再来。要是那样，一直在一起不就得了。

"和我结婚的一大好处就是，每天清晨都能听到最适合这一天的莫扎特唱片。"我努力做出一副轻松的样子,"我会综合考虑天气、气温、空中飘浮的云彩形状、风的味道,当然还有身体状况和心情,为你选择最合适的莫扎特唱片。"

香澄盯着桌子上自己绞在一起的手指,微微一笑,什么话也没有说。我继续往下说:

"一觉醒来,如果想先听 D 大调嬉游曲 K.136,那么今天心情肯定最好;相反,如果在忧郁的日子里,不妨听一听阿什肯纳齐演奏的第二十三钢琴协奏曲的第二乐章……你愿意跟我一起过这样的日子吗?"

她目光飘忽地看着漆黑的窗外,说:"要是能那样过,的确很好啊。"

"当然能那样过,因为有我陪着你嘛!"

香澄没有回答我,只是说:"听说过抢板凳游戏吗?"她的目光落在桌上。

"是幼儿园常玩的游戏,怎么了?"

"孩子们听着老师的钢琴声围着椅子转,琴声一旦停止,大家急忙坐在最近的椅子上,只剩下一个动作慢了一点儿的小孩。"

这就是禅吗?

"现在可没有人落下啊!"我说。

她慢慢抬起头,说:"肯定哪个地方存在缺陷。"

"没有什么缺陷啊。"

"那么是出了什么故障?"

"既没有出什么故障,也没有什么缺陷。"

"有时候我会感到自己不属于任何地方。"她的口气变得有些固执,"大家都有属于自己的一方天地,可是我没有。干什么都感到不合群,总感觉此处也不是自己的地盘。"

"我会为你创造一个家的。"

她并没有反问我"怎么样创造",而是陷入了沉默。在谈话中断的时候,我对"沉默"进行了思考:人类本来是会使用语言的动物,那么沉默岂不是也带有某种意义?应该说沉默是语言的一部分,有时比语言更加雄辩。你看,我们的未来阴云密布,桌子周围被不融洽的气氛包围。

过了一会儿,香澄重重地叹了口气。

"为什么一开口，就尽说些这样的话呢？"

香澄说出的话仿佛违背了她的意愿。是否她的内心深处藏着另外一个说话的"她"？

三床被子一字排开，阿健睡在靠门口的地方，我睡中间，香澄睡在最里面。我在黑暗中触摸着香澄的胸部，摸到那块挂在她脖子上的小石头。小石头冷冰冰的。香澄紧闭双眼，似乎没有睡着，但是什么也没有发生。我好像听到远处传来了低沉的鼓声，但被阿健痛苦的呼吸声压了下去。由于十分疲倦，我很快进入了梦乡。

半夜醒来的时候，我发现睡在身旁的香澄不见了。我感到奇怪的事情将会再次发生。阿健张着大嘴依旧沉睡不醒。听到我起床的动静，躺在被子上睡觉的萨姆·赫尔细声细气地长长地叫了一声"喵——"，阿健翻了个身但没有醒来。我戴上香澄送给我的手套向外走去。

旅馆中寂静无声，一楼大厅里空无一人，服务台也没有人，小卖部和休息室的灯都熄灭了，玻璃窗外一片漆黑。外面寒气逼人，我漫无目的地走着，经过宽敞的停车场，向游乐场走去。雨已经完全停了，明亮的一弯新月高悬夜空，星星在清澄的天空中闪闪发光，灰色的积雨云在月光中缓缓移动。我感觉自己好像误入了死亡之国。

我朝着水银灯亮起的地方走去，那里是室外溜冰场。椭圆形的溜冰场里有一个细细的人影在溜冰，转着大圈。在水银灯的照耀下，人影时而拉长时而缩小。我在栏杆旁盯着落在冰上不断变化的人影看了一会儿，而后越过栏杆进入场内，沿着观众席的台阶一级一级地走了下去。观众席非常宽敞，这里一定举行过很多比赛。我虽然跟那个人影还有相当一段距离，但可以清晰地听到滑冰靴的刀刃在冰上滑过的声音。这种声音在漏斗形排列的观众席上回荡，听起来比实际声音响很多。前方略高的山麓好像是一个人工滑雪场，可以看见升降机静静地停在斜坡旁，对面便是郁郁葱葱的森林。

溜冰场的冰层已经有些融化，但穿上滑冰靴后依然可以顺畅地滑动。我慌里慌张地踏上冰面，反而差点跌倒。香澄发现我之后，靠了过来，一边滑动一边向我招手，我也向她挥挥手。水银灯反射到冰面上，发出银白色的光芒。她上身套着一件薄毛衣，下身穿着牛仔裤，身体稍向前倾，在冰面上滑翔。头上的新月追逐着不断滑动的香澄。可她是从哪里搞到滑冰靴的呢？

我来到滑冰场中央位置。

"我接你来了。"我对滑过来的香澄说。

她慢慢地滑过我的身旁，口中呼出的白气在灯光下清晰可见。

"你不试试吗？"她扭头对我说。

"不行的，我从来没有滑过冰。"

"我教你。"

有时候我觉得香澄像一个就要从女性体内飞出来的外星人，心里非常恐惧，但同时又有一种渴望见到可怕事物的期待感。我真不知道自己在期待什么。

"我来啦！"

她笔直地向我滑去。她一定会在我面前躲开，吓我一跳吧。我太天真了，以至于没有采取任何防范措施。这一切都是在一瞬间完成的。香澄快速地向我冲了过来。我在冰面上无法转动身体，使出全力伸开双臂抱住她。她把身体重心全部移到我身上，我控制不住向后飞了出去，在空中飞了好几米。我的屁股重重地摔到冰上后，还在往后滑动。我撑起双手想要停下来，两人的身体又滴溜溜地转起了圈，最后完全失去了平衡，双双摔倒在冰面上。我们拥在一起，一边转圈一边向溜冰场边上滑去，滑到边墙附近才停了下来。

"太危险了！"我直起上身说。

她紧紧抱住我不愿抬头。

"没事吧？"

我一只手抬起她的下巴，她稍稍后倾看着我的手。她用细细的毛线辛苦编织的手套，把我们隔开。我摘下手套塞进裤兜。

水银灯照着她的脸庞。她苍白的脸蛋上，只有眼睛灼灼发亮。我明白这种光芒并不是由于欲望。为了求证，我轻轻地吻上她的唇。她的嘴唇冰凉。

接吻之后，香澄把头靠在我的肩上。我笨拙地抱着她，两个人都冻得发抖。我加重了手腕的力量，她也紧紧地抱住我。即使这样我们依然不能阻止身体的颤抖。

此时传来一个遥远的声音：

"有时候我会想，我们在等待什么呢？虽然我觉得可能会发生什么事情，但是那种感觉不对，也许一切都已经结束了。"

我缓缓地吐着气问她：

"我们不可能在一起吗？"

由于寒冷我的声音有点发颤。

"如果我们两个人在一起，我就想毁掉自己。"

我们所做的事，香澄所说的话，发生的一切都不具有现实性。我勉强笑了笑。因为寒冷，我的脸变得僵硬，不能自然地微笑，只是短促地干笑了几声。香澄望着我，好像觉得很奇怪。她很漂亮，不过这种美已经脱离了现实。我再次笑了起来，这次她也跟着笑了起来。这种笑就像昙花一现。

"浸水了。"她说。

那双眼睛已经停止了微笑。我们盯住彼此的眼睛，看了有几秒钟，本想再次笑起来，但一切都静止了。她变成极小的粒子，像中微子一般穿过我的身体，恐怕任何精密的仪器都难以检测出她的存在。

　　撑在冰上的手掌已然冰冷，我用残存的理智提醒自己，再不起身就要被冻死了。但我始终动弹不得，好像大脑也因寒冷而失去了知觉。我们什么也不干，任由两人的身体降到和溜冰场上的冰同样的温度。

　　"赶快换鞋！"香澄说。

　　在这句话的作用下，我们终于站了起来。由于下身已经完全失去了知觉，途中多次跌倒。来到溜冰场外的时候，我们的衣服全被水浸湿了，牙齿冻得不住地打战。

第三部

18

　　一个大的旧皮箱里装着如今不太常用的老式渔具：组合式竹子钓竿、木制浮子、缠绕着丝线的缠线板等等。尤其引人注目的是，有个 A4 纸张大小的木箱分成上下两层，里面装满了鱼饵形状的钓钩。钓钩的颜色和形状各异，有的像毛毛虫，有的像没做好的蜻蜓，有的像鱼，有的像蚯蚓……里面还有一些与其说是钓钩还不如说是装饰品的东西，花花绿绿的，简直像个百宝箱。

　　用带子缠着的便携工具盒有大小两个。可能是以前阿健和他的祖父去钓鱼时所用的吧。说不定其中一个是他的父亲曾经用过的，我在心中想象着拿着这些老式工具站在水边的父子俩的模样。父亲教儿子掌握鱼饵的装法和鱼竿的使用方法——有鱼儿咬钩时应该怎么办、如何提竿、如何把钓到的鱼取下来……每一个细节都教得非常仔细认真。通过这样的方式，父亲在儿子身上留下了有形无形的痕迹，借助他的身体继续生存。

在一个小金属盒里，放着生锈的钓钩。有几个钓钩上还粘着风干的蚯蚓。和钓钩上的铁锈相比，蚯蚓和钓钩贴得更加紧密，已经完全合二为一。我想起了小时候在爷爷家看到的刀，刀刃上全是白色的腐蚀斑点，爷爷告诉我，那可能是过去砍人时留下的痕迹。

现在回想起来，那时的我已经触摸到了"历史"。所谓"历史"，并不是逝去的时间，而是有可能像阿健曾说过的那样，是静静地堆积在现在"背面"的好似无数张重叠的玻璃纸一样的东西。看到刀的时候，我通过刀的斑点，与曾经经历过凄惨杀人事件的当事者共处在同一时光隧道之中。如今我看到与钓钩融为一体的蚯蚓残骸时，又和用这样的钓钩钓鱼的人同处一个空间。

我不知道阿健为什么会把这些东西留给我。当然阿健自有他的理由，这在他留给我的信上写得很明白。可是我无论怎么读信，都无法完全理解信中所写的内容。

阿健在皮箱中附的信上写道：

我的爷爷是个比我更痴迷的钓鱼迷。我喜欢钓鱼可能是我爷爷隔代遗传的。专门钓河鱼的爷爷，一年里的好几次休假，都用来到国外去钓河鱼。多么悠然自得啊。他收藏世界各地的钓鱼用品，不知不觉就积攒了一箱子。其中的三分之一好像是他亲手制作的。

而今，我把这些东西全部送给你。你会收下吗？如果你觉得累赘，可以扔掉。我打算今后不再钓鱼了，只是专心画画。我很早就意识到钓鱼是自己的一种逃避行为。

例如，我们都知道有一位叫毕加索的画家。但实际上我们对他一无所知，知道的只有他画的画。毕加索如果不画画，可能也只不过是一个喜好女色的无赖罢了。他流芳百世是因为他的画。但是对于自己能否依靠绘画在历史上留名，恐怕毕加索本人也不清楚吧。

　　母亲迷上了基督教，这让父亲很受打击。保罗·克利[1]说得好，画家观察得越深入，就越能从现在追溯到过去，洞察事物的本质。刚出生的婴儿是怎样观察这个世界的呢？那既是人类史上的过去，又是个人历史上的过去。从母亲肚子中呱呱坠地的时候，世界对我来说是个什么样子呢？如此追溯下去，世界就会和母亲、女性等概念重合……

　　我的话怎么这么不合逻辑。

　　孩提时代，有一次我用线香把蚂蚁一只一只地烧死。我就那样玩了好几个小时。烧死蚂蚁之后，我的心情平静了下来。我觉得，当精神的痛苦达到极限的时候，如果自杀或者杀人，也许就能让时间停止。当然这只是

------

　　[1] 保罗·克利（1879—1940）：瑞士著名画家，其作品温和而诙谐，充满着对梦境、音乐与诗歌的暗喻。

错觉。如果说是错觉，那么一切包括我现在活着都是错觉。我有时会感到生存仿佛就是谁的体内还有尿没尿完一样，无比难过。不，不对。我的解释太勉强了。如果进行解释，自己会变得更加邪恶，所以暂且搁置一旁是最明智的做法。

那天发生的事情，确实很不幸。世上一定有人蛮不讲理地深信：如果一个人暴露出真实的自己，就不会有人爱他（她）。他们如果找不到别人爱自己的理由，就会认为大家都会离开自己。他们害怕暴露真实的自己，总想演戏。为了找到不被人爱的借口而伤害自己。

我们都是曾被抛弃过的人。无论外表如何，内心深处只有孤独、混乱和怯懦。我们总是怀揣着一颗不安的心生活在世上。平时还无所谓，一旦遇到琐碎之事，就会认为整个世界将轰然倒塌，犹如"千里之堤，毁于蚁穴"一样。我们是不由自主地那样做。

法官大人，我的话说完了。

我必须出发了，萨姆·赫尔也跟我一起走。春天到来的时候，我希望你带着这些工具去钓鱼。没有东西作为纽带，我们就不能紧密地联系在一起。如果我还能保住性命，我们将后会有期。未来的事我们是无法把握的。暂且写到这儿。再见！

不可思议的是，我对这样的结果早有一定的心理准备。我尽管也感到有点吃惊和怅然若失，但并没有因为发生的一连串的事情而产生世界崩溃的感觉。这或许是他们本来就没有很好地融入这个世界的缘故。

对，就是"他们"。阿健也好，香澄也罢，从认识之日起，我就感到他们和我不属于同一个世界。即使我和他们关系密切，但我还是有一种他们并不存在的、奇妙的、无从把握的感觉。这种感觉就像是平常生活在另一个世界的人们，只有在我眼前出现的时候，我才感觉他们来到"这里"。也许正因为如此，我才会产生一种心理准备——说不定什么时候他们会消失。

这种感觉大多是我事后才意识到的。但是理解和认识本来不就是只有事后才能出现的吗？就像拍照，按下快门的时候我们不知道照到了什么，只有在照片洗出来之后，我们才能认识和理解之前亲眼看到的东西。需要花费时间，一点点地……

19

　　我和香澄在回旅馆的路上一直冷得发抖。我们上了电梯，在电梯关上门的时候我们想亲吻一番，但是就像在颠簸的汽车里倒香槟一样，彼此的牙齿差一点儿弄伤对方的嘴唇。我们歇斯底里地笑了起来。身体还在发抖，牙齿还在打战。我们也不清楚自己是因为可笑而笑还是因为冷而笑。

　　阿健打着鼾，睡得很死，即使有一颗小行星撞上南极，也不会醒来。倒是睡在被子上的萨姆·赫尔睁开了眼，轻轻叫了一声。我把手指贴到嘴上，做了个"安静"的手势。所有的一切都像在演一出滑稽戏。我感觉我们是在梦中。

　　香澄全身发抖，像是刚从冰海中捞上来的小狗。我虽然也浑身打战，但没她抖得那么厉害。我们迅速脱掉衣服，毫不顾忌睡在旁边的阿健。并不是因为他在熟睡，而是因为我们心里没有任何色情的念头。此时我们就像冬天登山时遇险的登山者一样迫不及待。香澄对我既不反抗，也不是那么合作，而是像婴儿一样，完全听我摆布。她看起来精神很恍惚。

我把她抱到浴盆里，用温热的水给她冲洗。香澄在热气中仍然瑟瑟发抖。我有些为她担心。

"你没事吧？"

香澄打着战点了点头，接着退后一些给我腾地儿。

"你也坐进来吧。"

我盘起腿，总算在狭窄的浴盆里蹲了下来。我把水温调到我们能够忍受的最高温度，把热水交替浇到我们身上。

"不烫吧？"

她闭着眼睛摇了摇头，虽然不再打战，却像丢了魂似的。我们面对面坐着，但视线总是碰不到一起。我想也许我们在那个溜冰场里就已经永远地失去了对方。

我站起来把喷头挂在钩子上，转到她身后坐了下来。闭上眼睛，仿佛可以看到打着旋儿、四处飞溅的五彩缤纷的小水珠。喷下的洗澡水也带上了颜色，不一会儿变得通红，像血一样。我睁开眼睛，把香澄抱了起来。她的脖子靠在我的肩上。我用手指梳理她那湿润的头发，像盲人一样用手轻轻抚摸她的脸庞。她迅速咬住我的手指，而后恶作剧般地笑了起来。

浴盆里的热水慢慢地越积越多。我们坐在热气之中，但同时我感到自己仿佛不在这一现实中，好像身体被砌在浴室的墙上，只有两只眼睛像瓷砖一样露在外面，一动不动地盯着浴室里陌生的年轻男女的举动。

女的开口了。

"这样被你抱在怀中，感觉就像鲤沼君在抱着'恋人'一样。"

"'恋人'？"那个叫"鲤沼"的男的反问道。

女的没有回答。男的加大了抱着"恋人"的胳膊的力量。

"现在在我怀里发抖的人，是谁啊？"

我做了一个梦。

我们在滑冰，好像是在旅馆后面的室外溜冰场。四周空无一人，宽阔的溜冰场安静极了。香澄牵着我的手向后滑去，我摇摇晃晃地跟着她。萨姆·赫尔发疯似的在冰上奔跑，后面紧跟着一条褐色的大狗。奇怪的是，看着眼前的这一切，我感到异常平静。

香澄一边滑着，一边无忧无虑地笑着，那种笑容除了我没有人明白。刹那间，我觉得自己拥有了全世界。突然，我们脚下的冰裂开了，香澄一个人掉进水中。我慌忙去拉她，可已经来不及了。我趴在冰面上，裂开的冰层又冻了起来，香澄被封在里面。我想要喊救命，但四周空无一人，只有银白色的水银灯在冰面的反射下发出刺眼的光芒。阿健究竟到哪儿去了？

香澄双手推着头顶上的冰，悲伤地望着我。她一张口，就往上冒气泡，气泡漂浮在她的周围。我使劲捶打冰面，但是冰层太厚无法打破。香澄盯着我的眼睛慢慢失去了光泽，刚才脸上的笑容仿佛已成为遥远的往事。我脱下溜冰靴，用冰刀锋利的尖头敲砸冰面。很快冰面被砸出一个坑。然而即使弄得满手是血，也无法把厚厚的冰层砸开一丝裂缝。敲砸出的冰屑白白地覆盖在冰面上，遮住了封在冰层下的香澄的脸。

我被喷头的滴水声惊醒了。水珠很有节奏地落在地上。我感觉到水已经滴了很长时间，迷迷糊糊中想要去关水龙头。这样想着，却爬不起来。就像虽能看见水面，但由于浮力不足而无法浮出水面的潜水员一样。过了一会儿，我清醒过来，周围立刻变得清晰起来。

"香澄？"

和以前一样，本应睡在身旁的香澄不见了。我觉得同样的事今后还会再发生。她不见了踪影，我像捉迷藏游戏中的捉人者一样去找她，一会儿就能找到她。之后，我们又将继续维持我们脆弱的爱情。

浴室里的灯还亮着，是洗完澡后忘了关，还是谁起来上厕所？我从熟睡中的阿健的枕头旁跨了过去，朝浴室走去。门开着一条约十厘米的小缝。

我看着眼前的一切，却找不到亲眼在看的那种感觉。我觉得我是在看一件与自己无关的、发生在远方的事情。一时间我不知道如何是好。时间仿佛停滞了。

香澄蜷在浴盆旁，左手搭在浴盆边。从我的位置无法看清浴盆里面。她的右手软绵绵地垂下，手里握着一把刀。那是阿健拾掇鱼时用的工具，刀刃长约十五厘米。锋利的刀口上沾着红色的鲜血。

我轻轻地碰了碰她，叫她的名字，尽管我心里明白她不会回答。香澄头向下垂着，看起来已经气力全无。我甚至不知道她是否还有呼吸，但仍然继续叫她。我觉得只要继续叫下去，她会睁开眼睛的。

然而醒来的却是阿健。他先把我从香澄身边拉开，而后摸她的颈脉。在阿健去打急救电话的时候，我再次呼喊着她的名字。

20

我们来到了医院。香澄被抬进急救室。三个手术室中，唯有她被送进的那个房间一直亮着"正在手术"的灯。我长时间地望着那盏灯，难以接受自己现在身处此地的事实。我闭上眼睛，企图逃避现实。然而眼前浮现出香澄软绵绵的身体、染成粉红色的浴盆、翻着白眼的脸、从嘴边垂下的白色唾液……我再也忍受不了了。睁开眼睛，现实仍然和数十秒前一模一样。

我累得连话都不想说，继续在无尽的虚脱感中呆呆地想着香澄。她为什么会做出这样的事呢？是为了拒绝我吗，还是为了想要永远把自己刻在我的记忆之中，或者只是一时的心血来潮？我无法理解。也许她自己也不明白。

"梦这种东西，在醒来的瞬间好像还在继续。"

阿健坐在我身旁，慢吞吞地说道，"据说和思念的人重逢，或遇到可怕的事情这样的梦，只能持续极短的时间。"

我没有搭腔，只是默默地听着他的话。阿健继续说：

"有时候我会怀疑自己是否在做梦。这种枯燥乏味的现实实际上是一场梦，过一会儿也许会从梦中醒来。但是梦醒时分，等待着的仍然是索然无味的生活啊。"

手术结束了，医生出来后简单地说明了一下情况：香澄虽然处于贫血状态但生命无甚大碍。我们问医生她是否能开口说话，医生说还在麻醉作用下沉睡。我坐在长椅上迷迷糊糊，不知怎么就想起了父亲。父亲的制服经常用衣架挂在客厅的横梁上。上小学的时候，我一放学回来，总是习惯性地先看看制服是否挂在那里。如果制服挂在那里，说明父亲不当班。每当看到熨烫得笔挺的藏青色制服，我总是感到很自豪。如果我在学校被人欺负，父亲就会穿着制服英姿飒爽地冲到学校，呵斥那些欺负我的调皮鬼们：

"再胡闹的话就把你们抓起来！"

黎明时分，香澄的父母抵达医院。我和他们简单地交谈了几句。我觉得他们看我的眼神有些异常，不知道是憎恶还是恐惧。或许这是我的错觉。不一会儿，他们对周围的事情漠然起来。他们虽然有点不安，但好像也没有感到特别意外，似乎早就预料到会这样。过了一会儿，她的父母亲在离我们稍远的椅子上坐了下来。两个人都非常冷静，好像正在反省。

除此之外，香澄的父母几乎没给我留下什么印象。他们只是在这里而已。他们只是生物学意义上的父母……他们提供了精子和卵子，使得香澄降生到这个世上，但是他们或许没有给出生的孩子创造任何生存的空间。

"我也找不出原因。"香澄好像曾在某个时候无可奈何地对我说，"我的父母都是非常正派的人，我小时候也没有受到过任何虐待。但我有时候总想毁灭自己，我非常讨厌现在的我。"

香澄的父母不久被护士叫到救护室。

"我们该走了。"阿健说,"我们在这里也无济于事,暂且先回去,以后再来吧!"

阿健把我带到港口,趁着等待渡船的时候,我们去吃那一天的头一顿饭。我看着菜单,感觉就像陷入了失忆状态之中,怎么也想不起以前吃过的东西。"食物"这个概念在头脑中想不出是什么样子。比如"蛋肉盖饭",和母亲一起吃的、作为正餐的"蛋肉盖饭",吃过这种盖饭的我和现在的我真是同一个人吗?请一号的"我"向二号的"我"报告情况。从"肉蛋盖饭"这个名字中,我想起了发生饥荒的农村中烹食邻家孩子的人们。请二号的"我"向一号的"我"解释究竟发生了什么事……

虽然肚子一点儿也不饿,但是我还是把点的菜吃得一干二净。好像我的体内突然裂开了一个大洞,吃下的东西都掉了进去。

"萨姆·赫尔不要紧吧?"我想起了放在车上的小猫。

"不允许把猫带进饭店，简直是法西斯主义者的行径！"

"是啊。"

"比猫还不懂规矩的人多如牛毛。"

可能是没有什么可说的话题了吧。我们所说的话，就像特约演员评论一部震撼人心的电影一样。

内设餐厅的建筑顶层，是一座兼做展览馆的船舶博物馆。蒙了厚厚一层尘土的玻璃展柜里面，陈放着各种各样的船舶模型：把圆木中间挖空或者用芦苇做成的远古时代的船、希腊罗马时期的单层甲板大帆船、海盗长船……好像想让人通过模型追溯船舶发展史。每一个模型都精巧无比，就连一根根细细的绳索都做得非常认真。

"这可能是个狂热的模型制作者吧。"阿健感叹不已，"在他死后，他的家人不知如何处理留下的模型，才捐赠给博物馆的吧。"

在另外一个展柜里，陈列着各种各样的航海工具——哥伦布时代的航海罗盘、指南针，现代的六分仪、电子罗盘、航海计时仪。屋子的墙壁上挂着滑轮、锚链、挂钩等等，其中有些物品看起来非常珍贵。但是这一切都像是放在仓库角落里的旧式农具一样，在这冷冷清清的房间里蒙灰。

船舶博物馆旁边是一间再现通信室的小屋。墙上挂着一面信号旗，旁边是一面解释旗语的图示板。

"上小学的时候，我曾因病住过一个月的院。"阿健再次开口了，"那个时候，爸爸觉得我一直躺在床上会很寂寞，于是给我买了一架望远镜。但是在病房里无法满意地看到外面的景色，所能看见的只是对面的病房。父亲就是这样一种人，有些自以为是。即使这样我还是很高兴，因为喜欢视野被切成一个圆形的感觉。在圆圆的世界中，人们或是喝茶，或是交谈，或是把毛巾晾在窗外的绳子上……你有零钱吗？"

他往安装在窗口旁边的双筒望远镜投了枚硬币。我试了试一个大柜子里装着的无线电话和无线电通信设备。电报机放在厚厚的胶板上，里面装有一个直径约为十厘米的大真空管。透明的玻璃管中，组装着正负极和栅板。在一个看惯了晶体管和集成电路的人看来，这些几乎都是做理科实验时的工具。桌子上放着一面小小的图示板，上面显示了从 A 到 Z 的摩尔斯电码。我边看边敲电报机的按键，电报机发出"咔嚓咔嚓"的声音，SOS、SOS……

"你不来这儿瞧瞧吗？"阿健把双筒望远镜让给我，"或许可以看见你的未来呢。"

可是在圆形的视野中，只能看到破落海港的风景和海湾内来来往往的船只。这种光学上被缩小的视界，就是自己的未来吧。我喘不过气来，使劲吸了几口气，仍然觉得空气不能进到肺里。手心汗津津的，头痛欲裂。

背后传来阿健的声音。

"注意看满月之夜！"

我转过身，他一边望着窗外广阔的海面一边说："白鲸一定会来的。你能懂吗？"

那一瞬间我认为自己完全懂，可是到了双筒望远镜的开关就要关闭的时候，我发现自己根本不懂。虽然经历了很多事情，但现在什么也想不起来。

21

妈妈说在我出门的时候，阿健拿来一个皮箱。母亲收下了，但他没留下什么口信，只是对母亲说了一句"请把这个转交给他"就走了。母亲觉得有些害怕，到我回家为止，一直把皮箱放在屋外。

第二天，我骑摩托车去了阿健家。令我吃惊的是，那儿只剩下一片废墟。一开始我还以为自己走错了地方，但那的确是他家。他租的房子，几乎全被烧光，只剩下黑色的残垣断壁。房子的周围拉上了绳子，蓝色的苫布盖着残余的部分。消防车把废墟喷得到处都是水，空气中飘荡着烧焦的味道。

我回到家打开晨报看了起来。社会版的下角登载着一则简短的火灾报道，据说是昨天傍晚六点左右发生的火灾。听母亲讲，阿健是在火灾发生前不久把皮箱拿来的。我看了新闻才知道阿健原本姓"武井"。"武井健"，听起来就像形容词的活用。报道结尾写道："为了弄清事故真相，警方在全力寻找失踪的武井先生。"无论谁读了报道,都会觉得"失踪的武井先生"很奇怪。他究竟怎么样了？他放火烧了自己租的房子，消失得无影无踪，是为了躲避黑社会分子的追杀吗？但是现在我几乎不再相信这样的话了。不，现在我想那百分之百是个骗局。

我重新思索着有关阿健的一切。我对他的出生地、过去过着怎样的生活等等几乎一无所知，甚至连他实际的年龄，也是看过报纸的报道才知晓。如果问他，也许他会告诉我，但过去我从未想过要问这样的问题。我所知道的,仅仅是他独自一人生活、会画画、精通钓鲈鱼和做鲈鱼，是个懂日语和猫语的奇特的双语者，和父母的感情似乎不融洽……关于他的情况，我只知道这两三件事。

一闭上眼，我就想起蹲在浴室里的香澄的身影。就像眼皮内侧沾上的污渍一样，怎么擦也擦不掉。也许香澄在伤害自己的同时，也对我造成了伤害吧。把她手腕割破的那把刀子，可能也把我身上的某个部位划开了。

我还在想象，刚开始时她是否只是去刷牙呢？但在去浴室的途中，偶然看到了阿健那把可恨的刀子。我试着考虑刷牙和用刀子割破手腕之间的关系。根据数学上的拓扑学原理，炸面圈和咖啡杯类型相同。对于普通人来说那完全是不同的行为，但在具有拓扑认知的香澄的眼中，那可能几乎是完全一样的行为。至少比起刷牙，用刀子割破自己的手腕这个动作对她来说更为简单。我绞尽脑汁，也找不出一个合理的答案。

在大年夜里守岁已成为一种习惯，迎接完新年后我几乎彻夜不眠。我害怕黑夜，害怕梦见香澄。于是我狂喝咖啡，一边欣赏租来的录像带一边等待黎明的到来。在上午和下午光线好的时候，我时不时地小憩一会儿，就像刚开始变心的父亲一样。看腻了录像，我就漫无目的地骑摩托车。这个季节过于寒冷，还不适合骑摩托车到处乱逛。我是为了取得驾驶执照，去和香澄相会……然后呢？我的思考总是在这个时候戛然而止。

有一次，我骑着摩托车来到一个好像来过的地方。那时已是深夜十一点了。屋子里亮着灯，但登门拜访已经太晚了。尽管如此，我还是毫无顾忌地按响了门铃。下村朱美开了门。

"鲤沼君……"她看起来有些吃惊。

"我可以进去吗？"

她那医学系的哥哥不在家。

香澄一点点地离我远去。我现在几乎想不起以前和她恋爱时的心情。我喜欢过她，这已经成为往事。好像我已经仅仅把它当成一个事实，不带有任何感情地放在"过去"的某个合适的位置。

除了偶尔像噩梦一样出现的记忆，我已完全自由，不受任何人的约束。想干什么、喜欢谁都是我的自由。可我的人生像不良债券一样变得颓废无望。我对任何事都无动于衷，也没有活着的感觉。世界失去了色彩和味道，每天都是按部就班地生活。我有一种青春被掠夺的感觉。

我想我一定失去了爱。种种花养养狗在郊外有个家的梦想、两人欣赏着莫扎特迎接每天清晨的梦想……香澄把这所有的一切和自己的鲜血一道，顺着国民宿舍模样的旅店的排水沟冲走了。我失去了爱情却得到了自由，那简直就像前生或来世的自由。

　　无论谁都追求这样的自由，但自由本身也是不可思议的。如果自由完全得以实现，我们可能会以神经冲动的传导速度找到自身，实现自己的欲望吧。在完全的自由之下，世界除了自己，别无他人，没有昼夜变化，也不会遭遇什么未知事件。我，就是现在的自己、存在的自己。

　　即使有人让你去干你想干的事，但如果只剩下自己一个人随心所欲，一定也会茫然不知所措吧。如果自己的欲望可以随便实现，我们马上就会厌倦自己，陷入只有自己的有气无力、无精打采的状态之中，而且我们会觉得自己就像身处一个无路可逃的牢狱，于是厌恶自己，最终可能会选择自杀。我想起了香澄。如果说她是不正常的，那么现在人类以巨大热情构筑起来的世界不也是不正常的吗？究其原因，是因为这个世界向我们保证的自由的终极点，只能是无尽的自我厌恶和由此造成的自我毁灭。

二月里的一天，春寒料峭，我骑摩托车来到人工湖。途中经过阿健住过的房子。废墟已经被清理干净，成为一块空地。不久这片废墟上就会建起新房，这一带也将变成新开辟的住宅区。我沿着人行道，来到横跨湖面的桥上。从桥上能看到一个公园，在那里我把一对情侣中的男的推下了水。这件事感觉就像好几年前发生的一样。

湖面上灰蒙蒙的，寒气逼人。每当起风时，干枯的树叶就随风沙沙作响。湖面上飘起了小雪。我想起高中时读过的一篇随笔，它讲述一位科学家为了研究如何制造出美丽的雪花结晶，花费了无数心血。给我印象最深的是，虽然温度计显示着零下二十度，但是在两种情况下雪花的结晶方式截然不同：一种是气温实际降到零下二十度，另一种是气温在零下二十度左右剧烈变化但平均值为零下二十度。随笔的结尾写道："这一研究也许没有什么价值，却非常有意思。"

我希望自己的一生能够从事像研究雪花结晶一样的工作。虽然投入了巨大的精力和热情，但没有什么价值。尽管如此，却非常有意思。如果能这样轻松而又充实地活着就好了。

雪静静地下着，一落到地面就融化了。湖面的景色好似《古兰经》中的素描。

22

有天晚上，我和母亲聊天。为什么开始聊天的呢？可能是因为晚饭后喝了威士忌。母亲和往常一样往酒里兑了一点儿水，可能是为自己的身体考虑吧。开始关心自己的健康是个好兆头。总是吃完饭就急忙上二楼的我，那天也陪着母亲喝起了兑水的酒。我们很快做好了黄瓜条等下酒小菜。

母亲在喝第二杯或第三杯的时候，开始讲自己的故事、自己和父亲的故事。这是她第一次对我讲这样的事。

"我发现了一个便条，"母亲说，"上面写着电话号码，于是我一下子明白了。或许这就是直觉吧。我拿起话筒，照着便条上的号码拨了电话。有个人接了电话。她的声音听起来很镇定。我问她：'对不起，请问您和我丈夫是什么关系？'她停了一会儿回答我：

'这和你有什么关系？'我又问：'你和我爱人交往密切吗？'她沉默不语。她不吭声也就意味着'你可以认为交往很密切……'。"这时母亲深深叹了口气，看起来像是在后悔，又像是只好无可奈何地接受这一切。

我有个疑问，可话到嘴边又咽了下去。父亲为什么偏偏把便条放在母亲能看到的地方呢？粗心大意也好，疏忽也罢，作为一个有外遇的男人，父亲明显缺乏一种紧张感。

母亲继续说道：

"于是这决定了我和你父亲之间的关系，就是说完全没有修复的可能了。据说由于那个电话，那个女人的外遇被发现了，她丈夫把她赶出了家门。她在一家像商务酒店一样的地方住了一段时间，但是很费钱，不能一直过那样的日子，你父亲就找到一处公寓，两人开始生活在一起。在他看来，既然对方是因为自己被赶出家门的，无论如何也要为对方做点什么。"

"可是这样不就乱套了吗？"我忍不住插嘴道，"怎么说呢？这不是任由自家的院子里杂草丛生，却忙于拔别人家的草吗？！"

母亲小声地笑了起来。看到母亲笑了，我很高兴。

"如果不跟他们斗争到底，我就不甘心。我当时还想找你父亲和那个女人报仇呢。我虽然认为自己不是个坏女人，可也想让你父亲尝尝和我一样的痛苦滋味，让那个女人不得安宁。结果我就那样干了。"

"那你的心情舒畅了吗？"

"一点儿也不。全是空虚。"

声音中带着一丝哭腔，我有些担心。如果母亲哭起来，那就麻烦了。谁知她没有哭而是点了一支烟。母亲不知从何时开始又吸上了烟。她上次吸烟好像已经是公元前的事了。母亲本来从怀孕起就戒烟了，可最近一两年又重新吸了起来。我在家的时候，母亲会打开厨房里的换气扇，尽量在换气扇旁吸烟。也就是说，虽然不再像怀孕时那样注意，但吸烟的时候她还是考虑我的。

"你恨你父亲吗？"

我想了一会儿摇了摇头。

"我想自己并不憎恨他也不厌恶他，老实说是没有任何感觉。一定要说的话，我觉得同为男人，父亲是个差劲的家伙……"哎哟哎哟，怎么不像自己说的话啊。"同为男人"这样的句子,《例句大全》中可能找不到吧。

"的确是个差劲的男人！"母亲说道,"被这样的男人吸引,我更是个差劲的女人啊。"

那么我和志保成了什么？"差劲"的平方？有时候母亲会无意识地把孩子们推向绝望的深渊。

"他总是乱发牢骚。"母亲谈起了"差劲男人"的事情,"被上司疏远啦,工作太苦太累啦,想辞掉工作啦；没有希望,没有目标,活着也没意思……牢骚满腹。我设法让他振作起来。我本以为尽力了,但完全是徒劳。结果他沉溺于酒色,开始了自甘堕落的生活,跑到别的女人的怀里不能自拔。"

母亲抬头看着我,眼睛发直。我差一点儿要说,你不要用看父亲的那种眼光看我哟！这时母亲说了一句合乎逻辑却又前后矛盾的话:"我不希望你变得像你父亲一样。"

"我没想过要做那样的人。"

"是吗？……"

她在怀疑我吗？

"你父亲以前经常问我是否明白他的痛苦，我每次都回答'明白'。我原本以为我明白了，也曾想去弄明白，但我可能还是没能明白。你父亲想必也是如此。他不明白我的痛苦，也不曾想去弄明白。"

我想起了有一次母亲摔东西时的样子。在空无一人的厨房里，母亲随手拿起茶杯或盘子就往地板上摔。她一声不吭，只是默默地摔东西，让人很害怕。那一次，母亲连我高中的女朋友送我的宝贝红茶杯子都摔碎了，至今我还有点耿耿于怀。

"也许应该从'不明白'这儿出发。"母亲接着说道，"彼此都不明白对方内心的痛苦，即使在某种程度上明白了，也仍然无法全部了解其内涵。如果从这儿出发，我们的关系或许还有救。当然也可能不会有所好转。我想过要弄明白。正因为不明白，我才更加努力。我曾想一点一点地去理解你的父亲。"

母亲把吸了半截的烟扔到水池子里，又重新

点燃了一支。还剩的大半杯兑水威士忌她却一口也没喝。

"但是，我越是想去理解他，也许他越觉得自己正在变成另外一个人。这件事我最近想通了，也许他觉得是我把他变成自己之外的某个人。"

母亲慢慢地吸了一口烟。我真想对她说：把烟吸到肺里很伤身体哟！现在吸烟是贫困的象征；无论怎样转动排气扇，排不完的烟雾还是充满了整个房间，被动吸烟致癌的危险性必须为我考虑。

"结果还是没能明白对方的痛苦。"话题又回到了起点。"勉强去理解不明白的东西是行不通的。从你父亲那里唯一学到的可能就是这个了。因此我不明白你现在的痛苦，也不认为自己能弄明白。但是我非常清楚你现在很痛苦，因为我内心也有痛苦。"母亲停了一会儿继续说，"我希望你不要逃避那种痛苦，也不希望你用别的什么来代替现在的痛苦。决定你人生质量的，不是痛苦本身，而是如何对待痛苦、如何忍受痛苦、如何正视痛苦。虽然在你面前说你父亲的坏话觉得不好意思，但我仍要说他只是在逃避自己的痛苦，结果不还是不能正视自己吗？不管是喝酒还是有外遇，都要正确地面对自己。你完全明白吧。"

母亲使劲吐出一口烟，然后在水池中掐灭了烟。她没有再点一支。

"我希望健一你不要变成你父亲那样的人。"母亲又说了一遍。

如果此时我再回答"我没想过要做那样的人"，我们的谈话就会永远在兜圈子。我没有吭声，母亲接着说道：

"希望你接受事实，不要逃避。"

突然间我们谁也没有说话。可能母亲对于自己讲述这样的事情感到很为难，而我也不知如何是好。我很明白母亲指的是香澄。我曾大致对母亲说过自己和香澄的事。母亲可能也知道现在儿子和下村朱美保持着肉体上的关系，当然也明白我的心正从香澄身上离开。也许母亲把我当成了父亲，把自己当成了香澄，把父亲的情人当成了下村朱美。岂有此理！

"真是想不明白啊，"由于长时间说话，母亲声音有些嘶哑，"她为什么要自杀……"虽然母亲还想说，但没有说下去。

我要留胡子！因为在这种尴尬的场合，我可以若无其事地用手捋着自己的胡子。也许那样，我会显得很有城府。

过了一会儿，母亲又说道：

"每个人心中都藏着见不得人的秘密。你、我，当然还包括你的父亲，但是千万不能把它暴露出来。如果想一下子弄明白，那是绝对不可能的，必须要花费很长的时间，因为在人与人的关系上没有捷径可走。"

我努力回忆和香澄相识之后发生的一切，试图想起她的各种模样，但是不知为何眼前浮现的全是她的背影。我觉得香澄似乎一直是背对着我的，我怎么也不能让她转过身来。就这样她渐渐远去，不一会儿就消失在下午淡淡的阳光中。

最后母亲对我说：

"去看看香澄吧。当然不是说现在就去，需要慢慢地来，直到你有了想去见她的念头。但是像现在这样不行，你必须去看看她。"

23

春假里，我带着阿健送给我的渔具去河边钓鱼。他依然杳无音讯。如果一直这样下去，七八年后他的家人就会宣告他已失踪，法律将认定他已经死亡。有时候我想，我真的碰到过一个叫阿健的人吗？我确实见过他，和他交谈过。可是现在我必须从他留给我的东西中寻找他的踪迹。他似乎是刻在"我"的人生中的"历史"。

我在后架上装上单人用的帐篷、睡袋和食物，随心所欲地到处骑摩托车。由于没有事先选定目的地，所以也不着急。我只是沿着河边往上游走，看到合适的地方就停下摩托车钓鱼。如果钓不到鱼，就到另外一个地方去。如果不想钓鱼，就读读书，或者打开便携式 CD 播放器听莫扎特的音乐。但是，莫扎特已不像以前那样对我有巨大的吸引力了。

越往前走河面就越窄，水流也变得湍急起来。我连续走了一天，终于无路可走。我把摩托车停在河滩上，支起了帐篷。四周开始暗了下来。我麻利地收集了一些枯枝，点燃了篝火。我在平底锅里抹上一层黄油，炒了红肠，装进纸盘子里，用纸巾擦干净剩下的油脂后烤了面包，再用刀子把洋葱切成薄片，和红肠一起夹在面包里吃。在等待泡咖啡的水烧开的时间里，我把葡萄柚切了一半，用汤匙舀着吃。咖啡太浓了。我一个人泡咖啡的时候，总是放太多的咖啡豆，是因为对一个人的量觉得不安吧！

我觉得累了，于是钻进帐篷，打算明天再收拾。一钻进睡袋，马上开始发困。四周静得可怕，除了流水的声音，万籁俱寂，听不到昆虫的叫声。

恐怖袭上我的心头。突然，周围仿佛变成了漏斗状的蚁穴，身体开始软软地下沉，沙子不断落下，我和沙子一起下沉。没有任何可抓的东西，我不知不觉地在睡袋中握紧了手，手心汗津津的。我紧紧闭上双眼，等待暴风雨掠过。眼前浮现出香澄的身影：失去血色的脸庞、染成粉红色的浴盆、刀子上残留着的一抹血迹……尽管我想睁开眼睛，但无论如何也做不到，似乎一睁开眼睛，就会被吸进蚁穴。这样下去，我的头脑可能会变得不正常，如果不这样，也许我会自杀吧。

是阿健把我从狂乱和自杀中解救出来。我努力忘掉蹲在浴室里的香澄的身影，这时脑海中出现了放火把自己住处烧掉的阿健，那情景就像塔柯夫斯基导演的电影一样。这样一想，心情稍稍平静了下来。不知什么时候沙子不往下落了。我慢慢睁开眼，浑身都是汗。我拉开拉链走出帐篷，外面流水潺潺，虫鸣声声，空中高挂着一轮大大的圆月。

放火烧掉自己住处的阿健已经获得了解脱，还是被什么束缚住了？割破自己手腕的香澄又怎么样了呢？她已经获救了吗，还是封闭了通往生存的道路？我自己又会怎样呢？不知道"白鲸"什么时候会来，到时我该怎么办呢？

正如母亲所说，每个人心中都存在固有的阴暗面。那是只属于自己一个人的，是别人无法理解和共有的。我现在也能感到自己存在那样的阴暗面。我想到了生活在湖中的稀奇古怪的生物。它们在寂静的湖底静悄悄地生活着，绝对不会灭绝。在人们忘记的某个时候，它们会悄无声息地浮到水面上来。

也许这就是人活着的最根本的恐怖。难道人类不是比我们看到的要强大得多吗？无法估量的庞大和幽深。那种庞大，那种幽深，我们有时会感到异常恐惧，感到由"我"这个代名词所指的对象无法处理。我们不可能是不死之身，肉体既非数据又非记号，如果割开，就会流出鲜血，如果不加治疗，就会死去。而且还有一颗极易受伤的心。那样的"我"或"你"必须控制的阴暗面，过于庞大和幽深。

第二天，我把剩下的一半葡萄柚当作早餐，只带了渔具沿着河岸而行。几乎没有像样的路，河流两岸到处都是灌木和杂草。往前走了一会儿，有片竹林，穿过竹林就来到约为四个半榻榻米宽的狭窄河滩。河面只有五米宽，对面河岸的堤坝在水流的冲刷下，已经塌陷下去，土层裸露。堤岸上长出的野草在水面上倒映出一片阴影。

我取出鱼竿接上，装好卷轴，拉上鱼线。我一边做准备，一边考虑爱情。与下村朱美的交往让我明白，两人的关系无论发展到何种地步，性爱也不会上升为爱情。无论尝试什么新奇体位，都毫无意义。也许是为了回避爱情问题，我们才想要熟练掌握性爱技巧，就像为了逃避交流而进行的谈话一样。

　　我在对爱情进行思考。

　　如果心灵被透明化，也许就会像哈兰·埃里森①的科幻小说所描写的那样，和平能够持续六百年，那同时也意味着六百年的孤独与停滞。我们就像冬天的黑鲈，在"自己"这一湖底，就像死了一样地生存。它们已经不再互敬互爱。人之所以能够爱别人，是因为彼此心里都藏有秘密。我们在对方身上发现与自己相同的东西，被他（她）深深吸引。而在对方的心里，一定有我们无法理解和触摸的领域，因此我们不可能支配和拥有对方，只能在自愿

---

　　①哈兰·埃里森（1934—2018）：美国著名科幻小说家、剧作家。代表作有《危险幻象》《死鸟》等。

的情况下进行祈求和祷告，只能在自愿的情况下接受正在询问和倾诉的对象。行使这样的自由可能就叫作"爱"吧。

的确，正如以前我用冷静的头脑所思考的那样，爱情和恋爱都和幻想一样。但是，也许人类的这种愚蠢的幻想，才是为了切断无限的自相矛盾所用的最后武器。像一个思想犯一样委身于眼前出现的偶然事件，把自己的一生押在另外一个人身上——这种自发性的逃避行为、做出故意偏离自己人生轨道的奋不顾身的选择，可能才是留给凡尘中的我们唯一的激进的生存方式。

究其原因，是因为那儿既不存在事先设定好的程序，也没有执行这一程序所需的说明书。爱既不是取样，也不是播音员式的表演，而是我们生存的多样性和多元性，是面向未来一直在生产的事物，是和我的未来不同的"我的未来"。因此，既是"我"的可能性，也应该是"你"的可能性。

好吧，钓鱼吧！

我折下一根枯枝，扔到湍急的水流中。枝条一度被急流吞没，送到对岸的堤坝下面，在那儿又浮了上来，滴溜溜地打着漩儿。我从工具盒中选了一个状似蝴蝶蛹的钓钩，拴在鱼线前端，心情变得格外愉快。我站起身来，踩在河边柔软的泥土上，竖起鱼竿，小心翼翼地瞄准对岸的堤坝，轻轻地甩动鱼竿。鱼线发出令人悦耳的声音后落入水中，褐色的钓钩缓慢地画了一个弧，落在枯枝打漩儿的水面上，而后激起了一层小小的水花，沉到黑暗的水中不见了。

24

　　医院坐落在山脚下郁郁葱葱的树林之中。沿着一个长长的斜坡向上走，眼前出现了一片开阔地，往前走就是医院接待处的大门。病房在新楼的二层。我敲了敲门走了进去，香澄正坐在床上织东西。她慢慢地抬起头看着我。那一瞬间，我怀疑她是不是不认识我了。她就像即将熄灭的日光灯，稍稍愣了一下之后，微笑起来，表情也逐渐明朗起来。

　　"好久不见。"我说。

　　"嗯。"香澄轻轻地点了点头。

　　"身体怎么样？"

　　"好像还行。"她说着，垂下双眼。

　　香澄的病房是个明亮又宽敞的单间，从屋里可以看到窗外的树丛。房间中央摆了一张床，旁边是壁橱和冰箱，一台小型电视机放在窗边的桌子上。

我在她的招呼下坐在来客坐的折叠椅上，我又一次看着她。我感到她的内心和身体都是空荡荡的，周围好像筑有一圈坚硬而又透明的玻璃防护墙。

"你的胡子长了。"过了好久，香澄才像刚发现似的对我说。

"我是想掩盖内心的空虚啊！"我若无其事地摸着胡子，"我像不像内阁总理大臣在做施政纲领演说？"

她没有笑，可能是觉得我的玩笑开得不太合适。

她表情有点僵硬，情绪也不易波动，除了这些，也总算能和我进行正常的交流了。只是说话时她总是很被动，几乎没有主动寻找话题跟我搭话。我们主要谈论大学期间的事情，比如谈毕业论文题目啦，互通两人都认识的朋友的消息啦。香澄有分寸地跟我说话，语气中透出一丝对美好过去的怀念。

"不管怎么说，你比我想象的要健康，我总算是放心了。"

我不由自主地想结束谈话。一旦中断，就很难找到新的话题。静下来的时候，我闻到了刚才谈话时没有意识到的病房里的气味。那是药丸、消毒水和轻微的汗味混合在一起的味道。

过了一会儿，屋外传来一阵争吵声。好像是一位男性患者和护士在争吵。我偷看了香澄一眼。她很平静地望着窗外，似乎没有听到走廊里的争吵声。我的心情逐渐变得不平静起来。该回去了吧。回到旅馆里冲个热水澡，刮刮胡子吧。我这样想着，心里有种轻微的罪恶感。

"那个病人啊，在我旁边刷牙的时候，把刷牙的盐水全喝光了。"她突然对我说。

"他为什么要那样做？"我急忙反问。

"不知道。"她平静地回答，"我问他咸不咸，他摇了摇头，一言不发。"

我们谁也没有提起阿健。在我的记忆中，他就像孩提时代由于搬到很远的城镇里，再也没有见过面的朋友一样。香澄是怎么想的呢？也许阿健以及坐他的车去旅行的几天里发生的事情，并没有作为现实留在她的记忆里。

过了一会儿，她向我提议：

"去散步怎么样？有个好地方。"

医院深处是一片杂木林，一条红褐色的小路贯穿其中。途中我们碰到一个好像是住院病人的年轻男子。他面无表情，旁若无人地走了过来。擦肩而过时听见他在小声嘀咕："该决定死亡地点了。"香澄若无其事地继续往前走着。

"来到这家医院的时候，紫丁香还开着花呢！"她望着路边说道，"现在什么花都没有了，真是遗憾啊。"

道路两旁长满了橡树和柞树，脚下落满陈年的橡果，对面吹来了凉爽的风。

"这条路通往哪里？"

"不知道。"她依然是那副兴味索然的样子，"我经常走到一半就折回去。不过我看这条路肯定通到山顶。"

四周开始弥漫起一层薄薄的雾霭。从树梢之间往上看去，蓝天透过雾霭，好似遥远的回忆。空气有点湿润。虽然并没有下过雨，红褐色的地面却是湿漉漉的。一丛八仙花开着淡蓝色的花。此时，我产生了一种不可思议的感觉：一大把年纪的我，正在回忆年轻时和香澄两人一边在杂树林中散步，一边欣赏路旁的八仙花的情形。就好像把"现在"作为已经结束的"过去"，我和香澄的"现在"才得以相逢一样。

缓缓向下延伸的道路又转为上坡，这时雾突然浓了起来。在杂树林中延伸的小路，在浓雾的笼罩下，甚至连十米开外的地方都看不清。我想起了三个人一起坐渡船时的情景。那还是去年十二月份的事情，到现在仅仅过了七个月，却好像已经是很久很久以前的事情了。那个时候的香澄也好，阿健也罢，所有的一切都已模糊不清，清晰浮现在脑海中的什么也没有。就像由于人生提速而被甩得远远的窗外景色一样。我们的过去好似一丛褪色的八仙花，浮现在乳白色的雾气之中。

我正想叫住她，她却突然停下脚步对我说：

"我们回去吧，让大家担心可不好。"

她彬彬有礼的语气，让我觉得我们之间横着一条看不见的鸿沟。确实如此，我不自觉地把这条鸿沟转化为时间上的距离，试图接受它。正因为如此，我才把"现在"当成了遥远的过去。我不由自主地抓住她的手。香澄呆呆地望着我，好像灵魂远离了她的身体。

或许正如母亲所说的那样，理解对方是不可能的，但我想我会一直保护她。

"我等着你。"

她没有回答，于是我又说了一遍："我永远等着你。"

香澄望着乳白色的浓雾，好像在追寻永远失去的东西。然后她静静地挣脱我的手，慢慢地按原路返回。我呆呆地站着，目送她远去。我没有感觉到绝望，也没有感觉到希望。我告诫自己不要以现在的心情去规定未来。

不一会儿，香澄的身影就在乳白色的茫茫浓雾中完全消失了。

25

　　好长时间没给你写信，真是对不起。每次接到你的来信，我都欣喜万分。你的每一封来信，我都读了好多遍。可以说每天我都在等待你的来信。每次读完之后都想给你回信，但一打开信纸，却不知道写些什么好。由于注意力无法集中，文章在头脑中也无法构思成形。就这样一天天地拖着，不知不觉过了盛夏，秋天悄然而至。

　　你在上一封信中说想了解我每天都在干些什么。我虽然不清楚鲤沼君为什么会对这个感兴趣，但还是应你的要求写出来。我每天六点起床，六点半做广播体操。大家来到走廊，和护士小姐一起做，但仍有一半左右的病人不参加。其中有的人护士怎么叫也不肯起床。住在我旁边病房的一个男性患者，是个有点暴力倾向的令人讨厌的家伙，但每次做广播体操都一次不落地参加。他在做体操的护士身后做奇怪的动作，而且每天必做。每当看到他要做的时候，我都会忍不住笑起来。

七点钟吃早餐，八点半开始"开会"。所谓"开会"，有时是和主治医生进行交流，有时是通过讲座的形式接受生活指导，或者是和其他病友一起讨论。九点半到十一点是作业疗法。内容因人而异，我参加了皮革手工艺和陶艺小组。十二点吃午饭，下午一点到三点是作业疗法、娱乐活动或"开会"……鲤沼君真的对这些感兴趣吗？娱乐活动方面，虽然我可以选择乒乓球和排球等一些自己喜欢的运动，但我现在还不能运动，所以主要以欣赏音乐和读书为主。下午三点洗澡，六点吃晚饭，九点熄灯。一周之内只有星期六晚上是十一点熄灯，大家可以在大厅里看电影。

在这里时间不是那么重要，大家也不太关心过了多长时间，所以无论是皮革手工艺还是陶艺，大家都全神贯注地去做，完成的作品非常精巧。据说每年十一月在文化节上展销这些作品时，有人会从老远的地方赶来购买。这也是可以理解的。但是我可能是个性情急躁的人吧，总想早点儿完成作品，好像我还没有完全忘却外面世界的时间，完成的作品和别人的相比当然显得粗糙，明显逊色很多。

我的缺点是马上去照顾别的患者，主治医生为此提醒过我好多次。据医生讲，像我那样照顾别人，不是出于真心。他还说我为了不正视自己的问题，在利用别的患者。的确如此啊。但是我身上存在的问题究竟是什么呢？什么才是我真正的问题呢？

比如医院里有一位五十岁上下的女人，她老是幻想自己是杀人犯。护士用汤匙喂她吃东西的时候，她就紧闭嘴巴，捂着耳朵，一口也不肯吃。据说一到吃饭的时间，她就听见有人对她说："不要吃饭，不要吃饭。"还有个男的认为神灵在他的药中放氰化钾要杀死他，因此拒绝吃医院开的药。这样的人一眼看上去就知道他们有病，但我和他们不同。

起因是一件很小的事。我一站在车站站台上就觉得有人要把我推下去，于是想往后看，结果就不由自主地回头。我心里明白这是一种神经病，所以尽可能地忍耐。我曾用表计算过，是三十秒回头一次。这是一种相当厉害的神经病。我的病情一点点地加重，身体变得灵活了。去年夏天，见到你的时候，我就已经是那个样子了。

毫不夸张地说，是你把我从窘境中解救了出来，我有种获得新生的感觉。但是现在看来，也许当时我是为了让自己快乐起来而利用你。我强迫自己把它当作恋爱。可能是因为这个吧，在和你一起的日子里，渐渐地我感觉到我必须把自己变成另外一个人。我不知道自己为什么会这样想，我总是这样想。对我来说，去爱一个人，却不知道如何去做，那就是我自己变成自己之外的另一个人的原因。

你曾好几次跟我说想和我生活在一起，我也想如果真是那样就好了。我要完全隐藏过去的自己，把自己变成一个你所见到的、所希望的女孩。可是那是不可能做到的。我的心中经常存在着另一个怯懦的"我"，她为了能控制你的心，就连伤害自己也在所不惜。

你所要等的就是这样一个人。你还在等我吗？会接受我吗？你的心里还有我的一席之地吗？

七月份你来看我的时候，听到你最后对我说的那句话，我高兴极了。可以说正是由于那时你所说的那句话，现在我才活着。可是鲤沼君，这在现实中是很难做到的。将来你会和一个健康的人相遇，会逐渐把我忘记的。即使不能完全忘却，也会把我当作一张偶尔拿出来看一眼、来自遥远国度的明信片。这样也好。只要有你对我说的那句话，我就心满意足了。

写到这里，我回过头去读一读，觉得自己真是言不由衷。我经常像这样选择逃避。但是，如果有一天，我能够在一个真正属于我的地方爱一个人，那该多好。现在还不能切实地考虑将来的事情。只要这样一想，我就对自己的将来感到悲观和消极。

我常常梦见鲤沼君。有快乐的梦也有悲伤的梦，我不知道梦从何处而来。唯一可以肯定的是，自己的内心就是梦的源头。我很清楚这一点。就像每逢春天发出新芽的植物一样，梦从我的内心产生。因此，我将继续给"自己"这个瘦弱的"院子"浇水，继续活下去。

虽然一直写不成信，可还是不知不觉写了这么多。回过头一看，把我自己都吓了一跳。熄灯的时间就要到了，我保证最近还要给你写信，今天就此搁笔。晚安。